そらの誓いは旦那さま

野原　滋

C O N T E N T S ✦目次✦

✦カバーデザイン＝chiaki-k（コガモデザイン）
✦ブックデザイン＝まるか工房

イラスト・サマミヤアカザ✦

そらの誓いは旦那さま

天守の連子窓の隙間から覗く空の色は眩しいほどに鮮やかで、その澄んだ青色に夏の終わりが感じられた。

雲一つない青空の中を鳶が横切っていく。二羽、三羽と通り過ぎ、その後も続々と列を成して飛んでいった。輪を描くこともなく真っ直ぐ海へと向かっていく鳥たちの様子に、空良は船が戻ってきたのだなと思った。水揚げのおこぼれを狙っているのだろう。鳥も人も集まって賑わう港の様子を想像し、自然と笑みが浮かんだ。

「どうかされましたか？　何かご意見がございましょうか」

穏やかな声にハッとして、空良は連子窓から部屋の中へと視線を戻し、頭を下げた。大切な詮議の最中なのに、一瞬意識を他所に飛ばしてしまったことが申し訳ない。

声を掛けてきた殿方は、空良の言葉を待つように、じっとこちらを見つめたままだ。

男の名は桂木利光という。茂南沢という領地から与力として、最近城にやってきた者の一人である。齢は四十を少し過ぎたと聞いているが、それよりも老成して見えた。少々小柄の痩せ型で、髷に白髪が混じっていた。いつも笑みを湛えているような穏やかな顔つきと、思慮深そうな細い目は、武よりも文を得意としているような印象を与える。風体に見合わぬ不思議な存在感のある人だ。

茂南沢は、日向埼の領主である三雲高虎の実母が生まれた土地で、前領主は母親の伯父にあたるそうだ。隼瀬浦の当主、時貞の側室だった母親が亡くなり、その後、正室との間に次郎丸が生まれたことで、少々複雑な事情が生じ、これまで疎遠になっていた。

それが、高虎が故郷である隼瀬浦を離れ、日向埼の領主になったのを機に、与力を派遣してきた。茂南沢の領主は五年前に代替わりをしており、日向埼と新たに、隼瀬浦とは再びの縁を結びたいと、熱心に頼まれたという経緯があった。

桂木は与力の代表で、他の者たちと同じ下級武士として扱ってくれと言われているが、実際はもっと重要な立場の人だろうことは、空良にも分かった。魁傑などは、そんな桂木を警戒しており、高虎に注意を促していた。けれど変わり者好きの高虎は、意にも介さずこうして詮議の場へ呼んでいるのだ。怪しい者を遠ざけようと思えば、魁傑が一番先に遠ざけられる立場だろうと言って、剣呑な空気になったのは、つい先ほどのことだった。

「他所事に気を飛ばしてしまいました。どうぞお話の続きを」

「他所事とは？」

「天気がいいなあ……と。申し訳ございません」

空良の素直な謝罪に桂木は細い目を一瞬見開き、それから柔和な笑みを浮かべた。「ほ、ほ、ほ」と、軽い笑い声を立てる。楽しそうな、少し呆れたようなその声に、空良は小さくなってもう一度頭を下げた。

空良たちがここ日向埼の城に入ってから、ちょうど一年が経とうとしていた。酷暑の夏が終わりを告げ、朝晩には爽やかな風が吹くようになってきた。

心配していた日照りの影響はそれほどでもなく、田畑では例年よりも多くの収穫が見込めそうだと報告があったばかりだ。今後やってくるであろう嵐をやり過ごさなければならないが、既に様々な対策を講じている。あとは昨年のような大規模な嵐がこないことを祈るばかりである。

「詮議が退屈でしたかの？」

柔らかな声音（こわね）は決して咎（とが）めるようなものではなく、それでも空良は恐縮してしまった。

「いいえ。船が港に着いたようだと、ほんのちょっとそちらに気が逸（そ）れてしまいました」

空良の言葉に桂木は再び目を見開いた。

「ああ、無事に戻ったか。今回はかなり遠出をしたのだろう？　雨に降られず僥倖（ぎょうこう）だった」

明るい声で空良に語りかけるのは、空良の夫である三雲高虎だ。

身分も性別さえも偽ったまま嫁いだ空良を、懐深く受け容れた武将は、隼瀬浦からここ日向埼へ移るときにも空良を伴ってくれた。頼もしい領主であり、最愛の夫だ。

戦（いくさ）に臨めばその勇猛果敢な戦い振りに、世間からは『三雲の鬼神』と呼ばれている。二つ名が表す通り、武人の中でも大柄で、凛々（りり）しくも美しい容貌を持ちながら、側（そば）に寄るだけで圧倒されるような威厳を放っている。一国の領主となり、自信に裏付けされた輝きはますます増していくようだ。

そんな美丈夫が、優しい眼差（まなざ）しで妻を見つめている。

「それとも、海の上は荒れていることもあろうか。陸と海とでは天候も違うからな」

詮議の場という状況を忘れ、つい見惚れてしまった。真っ直ぐに注がれる視線の強さには何年経っても慣れることはなく、瞳の色の美しさに耳朶が熱くなる。

このような立派な殿方の、唯一の伴侶という立場に置かれていることに、今でも時々茫然としてしまう。高虎と初めて出会ったときには枯れ枝のようだった身体は、今はだいぶ肉も付き、肌も髪の色艶も格段に増しているのは自分でも分かる。それでも三雲高虎という特別な存在の隣に並び立つには、自分は何もかも足りない。

生まれたときから何も持たず、親の愛も、名すらも与えられなかった空良に、高虎は幸福と、ささやかな自信も与えてくれた。甘い褒め言葉は、矜持のなかった空良が少しでも胸を張れるようにと気遣ってくれてのことだ。

「いいえ。ここ数日は海も凪いでいます。きっと大漁ですよ。鳥が騒いでおりましたから」

陸地では朝晩の風で季節の変わり目を感じる程度だが、海のほうが秋の訪れは早かったようだ。潮目が変わると捕れる魚の種類も変わるからと、海側の采配を任されている孫次が、ホクホクとした顔で言っていた。

「夕餉には初物が出ましょう」

「そうか。楽しみだ」

空良と高虎との会話を、桂木が呆けたような顔で見比べている。

「あ、度々申し訳ございません。どうぞ、詮議の続きを」

夫婦の会話に興じてしまったことを謝る空良に、桂木は不思議そうな表情をしたまま「そのようなことが分かるのですか」と、首を傾げた。

「ああ、空良殿は天候が予見できますからな。空良殿の助言で漁の日程を決めている。作付けなども皆、空良殿に相談し、その上で行っているのだ。空良殿の予見はまず外れることがないですからな。日向埼が豊かなのは、すべて空良殿からの恩恵でござる」

詮議の場に同席している魁傑が、まるで自分の名誉のように顎を反らす。

「本日の大漁も空良殿のお蔭でござる。今頃孫次が一番の獲物を運ばせていることでしょう。今日は宴会ですな」

魁傑がソワソワとした様子で先ほどの空良のように連子窓へと視線を向けた。

まさかすべてが空良のお蔭というわけではなく、海のことは海の者が空良よりもよほど詳しい。けれど、先の天候を占えるのは、確かに漁師たちにとっては有り難いことのようで、大物や珍しいものが捕れたときなどは、我先にと献上してくれる。

皆の役に立っているということが嬉しく、それが自負に繋がっている。以前は大袈裟な礼に居心地の悪さを感じたものだが、今は喜びと誇らしさを感じるようになった。あれは大袈裟なのではなく、本当に心からの礼だったのだと、素直に思えるようになった。皆の役に立ち、それによって領民が潤えば、すなわち領主の高虎の誉れとなるのだ。

「さて、それでは心置きなく宴会に赴くためにも、方針を固めてしまいましょう。岩浪にはどのように返答するのか。殿の心の内は、既にお決まりのようですが」

空良が緩ませてしまった空気が、桂木の声で引き締まる。窘めるでもなく叱るでもなく、自然と元の位置に収める手腕は、やはり一角の人物であることが察せられた。

「うむ。伏見殿からの要請じゃ。俺は手を貸したいと思っている」

「拙者も異論はございません」

岩浪とは、伏見玄徳が治める領地だ。伏見は昨年の梅雨の時期、難攻不落の城を共に落とした武将だった。沼地に囲まれた松木城を、地形と梅雨の大雨を利用して陥落させた。空良の初陣であり、高虎が日向埼の領主となるきっかけにもなった戦である。

その伏見玄徳から日向埼に向けて、助力が欲しいとの要請がきた。伏見の領地は日向埼よりも西に位置し、あちらにも海がある。岩浪より南への侵攻を目論んでいるのだが、ここ数年滞っているのだという。

岩浪から南西に進んだ先の宇垣群島の辺りを、大規模な海賊団が牛耳っているのだ。

大小の島々に、海賊を生業とする輩が住み、それらを峨朗丸という男が纏めている。

「伏見殿からの文によれば、その峨朗丸という男とは浅からぬ因縁があり、いろいろと邪魔だてされているようだ」

海賊の生業とは、普段は船の関所として税を取り、その代わりに護衛や遭難の救助など、海での安全を提供する役目を果たす。そして船を操ることに長(た)ける彼らは、しばしば傭兵として、戦に駆り出されるのだ。

峨朗丸は以前、伏見の軍に加わり出陣した折に軋轢(あつれき)を生じさせ、それ以来伏見を特に恨んでいるらしい。

戦で国を失った雑兵(ぞうひょう)や、自ら故郷に住めなくなったはぐれ者など、海賊たちの生い立ちは雑多で、荒くれ者が多い。味方に付けば頼もしく、敵になれば恐ろしい集団となる。そんな輩を纏め上げる男に、『伏見の鬼瓦』と呼ばれる屈強な武将も、手を焼いているようだ。

交易の船は伏見の領地のものだけ法外な税を掛け、船が難破しても見捨て、残った荷だけを持ち去る。再三の交渉の申し出にも応じず、脅しのために少数の軍で追い立てれば、凄(すさ)まじい機動力で反撃され、他に手がないところまで追い込まれているという。

「宇垣の海賊はかなり手強(てごわ)いと聞きます。下手にちょっかいを掛ければ、返り討ちに遭いそうですな」

桂木の言葉に、高虎が厳しい顔をして腕を組んだ。

昨年の四国連合での戦で、お互いの力量を認め合い、伏見個人とも親しい関係を結んでいる。気持ち的にはすぐにも手を貸したいが、なかなかに難儀なことでもある。

「向こうも我々に水軍としての力を望んでいるわけではない」

隼瀬浦には海はなく、日向埼に来てまだ一年だ。高虎がいくら名将と言われようと、水軍に関しては素人だ。一方伏見の水軍は他の追随を許さないほどの強さを誇っていると聞く。

「潰すのではなく、交渉のために手を貸してほしいと言われているのだ」

宇垣の海賊の働きは、岩浪を除いて滞りなく運営されている。峨朗丸は伏見への私怨で目の敵にしているだけで、他とは良い関係を結んでいるのが厄介だ。私怨に乗っかり海賊を滅ぼしてしまえば、伏見の立場が悪くなるのだから難しい。

「だから殿に声が掛かった、と」

「まあ、日向埼の三雲高虎といえば、平民の口にも上る、名将ですからな」

戦のたびに高虎の名は高まり、『三雲の鬼神』の名を知らない者はいない。

「芝居にもなったほどですからな。『鬼神』の名で峨朗丸を交渉の場に引き摺り出したいと思っているのでしょう、『伏見の鬼瓦』殿は。今や高虎殿のほうが名高いですからな。腹の中では対抗心が燃え上がっているのでしょうが」

魁傑も高虎と同じように腕を組み、うんうんと頷きながら語っている。桂木が目を細め、「ほ、ほ」と控えめな笑い声を上げた。

「伏見殿のほうでは、なんとか和平を結び、良い関係に持っていきたいのだろう。和解さえできれば、侵攻も交易も格段にやりやすくなるからな。それに、日向埼でもこの先を考えれば、海は押さえておきたい」

長年に亘って領主が頻繁に入れ替わった日向埼では、海はあっても水軍はなかった。船を造るための経済的な余裕も、人を育てる暇もなかったのだろう。

　伏見は日向埼からの助力を得る代償として、造船の技術や水軍育成のための人員を出してもいいと暗に仄めかしてきた。伏見からの要請は、日向埼にとっても利のあることなのだ。

　軍の機密を他領に渡すのは表向きでは御法度だ。何処でも高い技術は自分のところだけに留めておきたいと思うからだ。だが、それをしてでも高虎の助力を得たいほど、向こうは窮地に追い込まれているのだ。

「岩浪の水軍は強いからな。そんなところと真っ向から対立し、苦しませているという輩とも、是非対面してみたいものだ」

　腕を組んだままの高虎が、ニヤリと口端を上げた。峨朗丸という海賊の頭領に興味を持ったようだ。

　そうしながら、高虎は桂木にも意見を聞く。

「私のような者の意見など、取るに足らないものでございます。それに、殿のお気持ちはもう定まったご様子ですから」

「わざわざここへそなたを招いたのは、意味あってのことだ。ここにいる者たちは、俺に近すぎるからな。そうでない者の意見が聞きたい。ただ追従するだけならそなたはいらぬ」

　高虎の辛辣な言葉にも、桂木は表情を変えることはなく、じっと高虎を見つめている。

　お互いに相手を試しているようだと、空良は思った。

「何を言ってもかまわぬ。もちろん反対意見でもな。思うことがあるなら言え」

「それでは」

桂木が居住まいを正し、「自分は賛成ではない」と意見を述べた。

「反対ではなく、賛成ではない、か。その理由は？」

「情で動こうとなさる殿に、私は危惧を抱いております」

「情だけではないぞ」

「はい。殿は利があると仰いました。私もそれには同意いたします。しかし、殿の望むその利は、伏見殿しか与えられないものではありませぬ」

造船も、水軍の育成も、伏見でなければできないことではない。何にも代えがたい大きな利だとは思わないと、桂木が言う。

「極端な話、水軍が欲しくば、水軍を持つ領地を攻め落とせばよろしいでしょう」

「極端過ぎる。水軍を持たぬ我が軍が、水軍を攻めるのは難しかろう」

「難しさで言えば、今回の交渉事も同じでございます。伏見軍と協力し、力で制圧するのであればやぶさかではありませぬが」

「お主、意外と好戦的だな」

「そんなことはございません。私には、殿が目の前に餌をぶら下げられて、飛びつこうとなさっているように見受けられます。それを懸念しているのです」

「それは否定しない。またとない絶好の機会だと思っている。飛びつく価値があると思わぬか？　単独で他領の水軍を攻めるよりもよほど現実的ではないか。欲しいと思っていたものを、向こうから提示してきたのだ。成功すれば技術と人員が得られる」

「失敗すれば『鬼神』の名に傷がつきましょう」

「傷などつかぬ。ついたところで俺はまったくかまわない。俺がつけた名ではないからな」

「その二つ名こそが武将の誉れではありませんか。どなたでも持てるものではないのですぞ」

桂木が高虎を見つめ、高虎が口端を上げる。

「では仮に交渉に成功したといたしましょう。その後伏見殿が殿との約束事を反故にするとは考えられませんか。もしくは約束とは微妙に異なった報酬になるなど、例えば古船一艘、船頭一人で済ませるような」

「考えないな。しかしお主、なかなか姑息なことを考えるな」

「あらゆることを想定しての意見であり、私のことではありません」

「あの男はそのような輩ではない」

「情ですか」

「信頼と武将としての矜持だ。俺との盟約を破り信頼を落とせば、失うものは計り知れないぞ。二つ名どころか武将としての地位も失うだろうな」

「殿が奪うので？」

高虎は答えず、代わりに獰猛な笑みを浮かべた。

「しかし反対意見としてはまだ弱いな。そう思わぬか」

「ですから反対ではありませせぬ。積極的な賛成ではないと申し上げております。それに意見を出せと仰るなら他にもございます」

「聞こう」

「恐れながら……」

静かだが、パチパチと小さな火花が散るような二人の対話だ。高虎は不機嫌そうに眉を上げているが、声音はそれほど怒っておらず、楽しんでいるようにも見える。桂木のほうも、遠慮がちでありながらもまったく引かない。高虎を相手にたいしたものだと感心した。

魁傑がそっと身体を近づけてきて「……なんだか問答のようですな」と、コソリと言う。

「まるで次郎丸様を相手にしているようでござる」

手で口元を隠しながら魁傑が言うのに笑ってしまった。

「拙者ではあの御仁を言い負かすことはできますまい」

「次郎丸さまといつも丁々発止の問答をなさっているではないですか。大丈夫、勝てますよ。きっと……いつか、そのうちに」

「今は無理ということですな」

不甲斐ないという顔で眉を下げる魁傑に笑っていたら、高虎に叱られた。

「そこ。何をこそこそ言っている？」

　桂木を相手にしていたときよりも温度の低い声で問いただされ、ビクリと肩を竦める。

「空良にも聞こう。この度の要請を受けるか否か。そなたはどう思う？」

「旦那さまの思う通りになさるのがよろしいかと」

　間髪を容れぬ空良の答えに、桂木が口端を下げたのが目に入った。意見を持たない飾り物と思われたのか。その通りなのだがちょっと不甲斐ない。

　それなので、「わたしもついていきますゆえ」と、少し強気で自分の意見を伝えてみたら、桂木ではなく高虎を驚かせてしまった。

「駄目だ。危ない。海賊だぞ」

「行きます。もう決めていますから」

「交渉だけで済むとは限らないのだぞ。荒くれ者の集まりだ。決裂し、向こう側から攻撃されることもあり得る」

「それでも行きとうございます。何かお役に立つこともあるかもしれませんし」

　邪魔にならないようにしますからという空良の訴えに、高虎が考え込む。

「日向埼以外の海を見てみとうございます」

　空良の声に、桂木がほんのりと笑みを浮かべた。

「海が見たいとは。また悠長な……」

「空良殿は物見遊山がしたいと言っているのではないと思いますぞ、桂木殿」

「それはご無礼を」

魁傑の苦言に対し、頭を下げる桂木に、空良が「いいえ。そうですから」と笑うと、桂木は先ほどと同じように呆けたような顔をして、空良を凝視する。

「他の海も見たいです。それから漁場も。初めての町も、木々も山も、この目で見たいです」

空良は自分の中に湧き上がる何かを確かめるように胸に手を置く。

見ただけですべてを理解できるとは思わない。けれど見なければ、足を運ばなければ、何も知らないままだ。

生まれ育った伊久琵(いくび)では、己の生活する場の周辺のことしか知らなかった。隼瀬浦に来て、初めて他所の土地というものを知った。場所が変われば、自然の様子も気候もまったく違うことに驚いた。日向埼でも同じだった。伊久琵とも隼瀬浦とも違う風土に初めは戸惑い、慣れようと奮闘し、発展させることに頭を悩ませ、失敗したり成功したりを繰り返し、その度に一喜一憂している。

何処の土地でも気づきがあり、それらのすべてをこの手で確かめ、自分の糧(かて)にしたいと思うのだ。新しい場所で見聞きしたものを持ち帰り、日向埼のこれからのことに役立てたい。

夏の暑さや大嵐にも負けない作物があるかもしれない。天日干しと塩漬け以外の魚の保存法があるかもしれない。誰一人として飢えない国があるかもしれない。全部覚えて、全部を手に入れたい。

なんて強欲なのだろうと、自分で呆れる。けれど高虎がそうしろと言った。欲しがれ、求めろ、全部与えてやるからと言ってくれたのだ。

高虎はそんな空良を見つめ、笑みを浮かべた。詳細を語らずとも、空良の強欲さを理解し、喜んでくれているのが分かる。

「よし。では連れていくか」

「ありがとうございます！　足手纏いには決してなりませんから」

「そなたをそんなふうに思ったことは一度もないぞ？　逆にこちらが助けられることが多いのだからな。……そうだな、伏見殿のいる地だ。そうそう理不尽な目に遭うこともあるまい」

「何を言われても平気です。あの伏見さまの眼力より怖いものなどありませんもの」

吹き飛ばされそうな威圧に耐えながら戦った空良だ。あのときのことを思い出したのか、高虎が豪快に笑った。

「そうだったな。あの『伏見の鬼瓦』を黙らせた嫁様だった」

「黙らせた上に泣かせましたぞ」

桂木が「……は？」と声を上げ、驚愕（きょうがく）の表情で空良を見るので、慌てて「違います」と訂正する。

「泣かせてなどおりません。あれは芝居のことでしょう、魁傑さま」

「いいや、現実でもそうでござった。空良殿の気迫に押され、涙目になっておりました。拙者も背筋が震えましたぞ。『鬼神の鬼嫁』という二つ名は、嘘偽りありませぬ」

「そんな二つ名は持っていません！」

「桂木殿は芝居を観てはいませんか？」

上機嫌な魁傑が、唖然(あぜん)としている桂木に顔を向ける。

「はい。評判になっていたことは存じておりますが、観る機会がありませんで」

「それは勿体(もったい)ない。ここにいるならば是非観なければ。今、あの一座は何処を回っているのか。早急に調べましょう」

「それは楽しみでございますね。それはそうと、岩浪からの要請を受けるということで決定でしょうか」

まったく違う方向に行ってしまった詮議の行方を、桂木が再び修正する。この方がいてくれてよかったと、詮議が始まった当初よりも表情の変化が多彩になった桂木に向け、空良は目礼をするのだった。


栈橋に寄せる船を先導する大声が響き渡った。他にも籠に入れられた魚を受け取ろうとする声や、釣果を吟味し合う声などがあちらこちらから聞こえてくる。今日も港は賑やかだ。

空良は高虎と連れだって、城下の視察に訪れていた。案内役の孫次が指をさす方向に顔を向けながら説明を聞く。側には魁傑と陪臣の佐竹、桂木と茂南沢の者も数人付いている。

漁獲高は上々で、ここ最近は船の事故も滅多にないと、孫次がにこやかに言った。これも空良の先見のお蔭だと頭を下げられ、空良は鷹揚に受け容れる。

「毎朝空良様が立てた旗の色を確認し、それで漁の計画を立てております。我々も海の荒れなどは多少分かるのですが、空良様ほど正確には当てられません」

その日の天候の予報を旗の色で知らせている。大きく崩れそうなときは、前日から警告を出したりもする。城から城下、港、田畑など、領民が伝達の旗を立てていくのだ。昨年の大嵐のあとから始めたことで、今はすっかりこの地に定着している空良の天候予報旗だ。

「お忙しいのにお手数をお掛けして恐縮しております。毎日は大変ではありませんか？」

「いいえ。今わたしは予報を伝えるだけで、旗は別の者に立ててもらっていますから。それに、皆の安全を守るためですから、ちっとも大変なことではありません」

この地に赴任してきた当初は、歴代の領主たちによる悪辣な政策と非道な搾取で、人々は固く心を閉ざしていた。孫次を筆頭とした三人衆の反発は強硬で、あの高虎がついには弱音を吐いたほどである。

そんな苦労を乗り越えた今は、領主と領民は固い信頼で結ばれていると、心から信じられる。彼らはほんの些細なことでも相談をしに城に上がり、家臣たちも彼らの声を丁寧に拾い上げる。そして今孫次と話しているように、直接領民からの声を聞く機会を設けるため、頻繁に城下に出向いていた。

武人としての高虎は、その獰猛な戦い振りに『鬼神』と呼ばれているが、領地に戻れば、自ら鍬を持ち植林をし、嵐の夜には馬を走らせ城に民を匿う。地道な努力が実を結び、今では尊敬と親しみの籠もった目を向けられるようになった。

「それで、自警団というのはどれだ？」

「はい。荷運びをしているあの辺りに立っている者たちと、あとはあっち側に」

高虎の声に応え、孫次が手で示すが、武士のように帯刀しているわけでもなく、装いも平民のままなので、区別がつかない。

「全部でどれくらいいるのだ？」

「海側は五十人に足りないくらいですか。あとは町のほうにも同じほど。農村はそれほどいません。手の空いている元気な者が有事に駆けつけるという具合です」

「そうか。意外と多いのだな」

「名ばかりの者もおりますし、交代しながらですから、これでもまったく手が足りていません。最近では他所から流れてきた者も増えておりますので」

「海側の者は、船での警邏も行っていると聞いたが」

「そうです。とは言っても、漁に出たり、戻ってきたりの途中、余分に回っているくらいですが」

「それでも自発的に動いているのは素晴らしいことだ。感心した」

高虎からのお褒めの言葉に、孫次は深く頭を下げながら「領主様のお蔭でございます」と、おべっかとは違う本気の声でそう言った。

「昨年の大嵐の折の、領主様のお心配りに皆で感銘を受け、真似たのでございます」

未曽有の大嵐の予見を叫び、領地中を走り回り、少しでも収穫を得ようと、農民に交ざって稲を刈った。家が全壊した者や、怪我を負った者たちを城に集め、一晩中世話を焼いた。嵐が去った後は城下に下り、困ったことはないかと声を掛け、助けがいると言われれば躊躇せずに手を差し伸べた。

災害に見舞われた民は、初めはそんな空良たちを茫然と眺め、そのうちに元気な者からその行動を真似て動き始めた。それが一年経った今でも続いている。それが自警団という形となり、人々は自発的に助け合う生活を営んでいるのだ。

家も町も自然の強大な力でなぎ倒され、絶望を味わった直後に降り注いだ眩しいほどの希望の光だったと、孫次は当時のことを振り返る。遠くを見る眼差しは、薄らと濡れているように見える。

「折角できた自発的な組織だ。なるべく続けてほしいと思う」

「ええ。できうる限り、続けていこうと思っております。まあ、雑多な集団ですので、問題も多いのですが。自警をする連中が一番大きな喧嘩をおっぱじめたりもするのです」

漁師は気の荒い輩も多く、そっちを収めるほうが忙しいと、孫次が笑いながら頭をかいた。

「それはまた剛毅なことだ。収まりがつかないときは城の者を呼べ。俺でもいいぞ」

「滅相もないことです」

焦って固辞する孫次に、高虎は笑いながら、自警団を纏めるにあたっての武人なりの助言を施した。多少なら予算も割いてやるという申し出に、孫次が目を丸くする。

「自警団だと一目で分かる、何か目印になるようなものがあればいいのだが。あのままでは助けを呼びたいときに、誰に声を掛ければいいのか分からんだろう。寄り合いのための詰め所でもあれば、少しは纏まりがよくなるか？」

「旦那さま、それならばお揃いの法被などを羽織っていれば、分かりやすいのではないでしょうか。海側と町と、やりたいという声が上がれば、農村のほうでも」

「それはいい。魁傑、勘定方に話を通しておけ」

「は。かしこまりました」

その場で迅速な決断を下す高虎に、孫次どころか魁傑以外のお付きの者まで目を白黒させていた。

「そのうち城の者を寄越す。孫次はその者と相談し、ことを進めるように。お前が纏め役を担うことになるが、励んでくれ。形が整い、運営が円滑に回るようになれば、長に適した者も現れよう。そのときにその者を任命してもかまわない」

「……は、はい。謹んで承ります。領主様の後ろ盾があれば、これ以上心強いことはありません。加入を希望する者が殺到するでしょう。喜ばしいことです」

「それから孫次、再来月辺りに西にある岩浪という領地に出向く予定がある。お前も連れて行くぞ。他に腕に自信のある連中も数人連れて行こうと思っている。水軍の視察だから海の者がよい。漁場の見学も兼ねれば一石二鳥だな。人員を選出し、準備を整えておけ」

突然の領主からの命に、孫次が言葉を失ったまま、口をパクパクさせた。後ろに控えている家臣たちも、お互いの顔を見合わせている。魁傑までもが「聞いておりませんぞ！」と大きな声を上げた。

「この者たちを連れていくのですか」

「そうだ」

「拙者は何も聞いておりませんが」

「今思いついたからな」

「そうですか。ではそのように手配いたしましょう」

突然のことに思わず驚きの声を上げた魁傑だが、長年の付き合いだけあって、すぐに対応すべく切り替えるのは流石(さすが)だと思った。因(ちな)みに空良も孫次たちを連れていくという話は初めて聞く。今思いついたという高虎の言葉は、本当なのだろう。

元々豪快な人だ。そうでなければ周りの反対を押し切って、男嫁を娶るなどできないだろう。それが日向埼に来てからというもの、ますます伸びやかになったと、周りが驚愕している様子に朗らかに笑っている夫を眺めながら、空良は思った。

規格に囚われず、いろいろなことを試そうと、夫も挑んでいるのだろう。保護者であり、主であった父親から離れ、高虎は自ら道を切り開こうとしているのだ。

そんな高虎を頼もしく感じると共に、僅かな不安も覚えた。

伴侶として彼を支えながら、ときには諌める必要もあるだろうことは理解している。この領地で、高虎は頂点にいる人なのだ。目指す方向が、それを成し遂げようとする方法が、すべて正解だとは限らない。高虎が間違った方向へ行こうとしたときに、引き留められる人物が必要だった。

自分がそうならなければいけないのだろうが、自信がない。高虎の決断することなら、自分はきっと無条件で受け容れてしまうだろうから。

今の唐突な思いつきも、唐突さに驚いただけで、悪いことではないと思う。高虎が日向埼のこれからについて、何を考え、何を望んだかが理解できたからだ。自警団についての話では、空良自ら提案をしたりもした。

どちらも間違いではない。きっと。ただ判断が早過ぎて、誰も賛同する暇がなかったのだ。

高虎を挟んで空良とは反対側に立つ魁傑に視線を向けた。魁傑も空良と近い感覚を持っている人だと思う。高虎に対して物怖(ものお)じはしないが、絶対の忠誠を誓っている。暴走する高虎を諫めるどころか、先頭に立って暴れそうな予感さえある。

魁傑から視線を移し、後ろに控えている家臣たちを振り返った。

無骨な武人たちに埋もれるように佇(たたず)んでいる桂木は、いつもと変わらない飄々(ひょうひょう)とした表情を浮かべていた。

考え事をしているうちに港の視察が終わり、次には町へ行くために、一行が動き始める。

「岩浪には、海辺に温泉が湧いているそうだ」

町へ向かって歩きながら、高虎が話し出す。

「え？　温泉が？　海に？」

海に湧く温泉というのが想像できなくて、空良は子どものように聞き返した。

「普段は海の中にあるのだが、ある一定の時刻になると現れるのだそうだ。面白いな」

「本当ですね。まったく想像がつきません」

「見てみたいだろう？　そなたはなんでも見たいと言っていたからな」

空良の顔を覗き込み、高虎が笑顔になる。悪戯(いたずら)っ子のような表情は、先ほどとまったく違い、つられるようにして空良も微笑(ほほえ)む。

「ええ。見てみたいです。見るだけではなく、入ってみたい。一定の時刻ですか。いつなんでしょうね。わたしは入ることができるでしょうか？」

「向こうで詳しいことを聞いてみよう。空良は風呂が好きだしな。きっと楽しいだろう。俺も海の温泉というものに入ってみたい」

お互いに笑い合ったところでハッとして、空良は恐る恐る後ろを振り返った。

今の会話の内容は、完全に物見遊山の計画だ。

呆れられたのではないかと思い、空良たちの少し後ろを歩いている桂木の顔をそっと窺う。

目が合った桂木に「海辺の温泉とは風流ですな」と、笑顔で言われ、心の中で謝った。

浮かれているわけではないのですと、無言の言い訳を重ねるが、隣にいる高虎が身を寄せて「楽しみだな」と、囁くから身の置き所がなくなる。

「海辺の温泉だと、山と違い、辺りは開放的なのだろうな。それだけは残念だ」

「旦那さま」

空良の咎める声にもめげず、「だってそうだろう？」と、再び囁く。

「あまりにも明け透けな景色の中では、いろいろ遊べぬ。……人の目もあるだろうから」

声を潜め、そっと告げられる妖しい声音に、諌めなければと思いながらも先に頬が熱くなってしまう。

「遊ぶなど……、あちらには交渉の使命を以て赴くのですから」

後ろに聞こえるように幾分声を張る。

「それはそれ、これはこれだ」

焦る空良にかまわず、高虎が朗らかに「今回の旅の一番の楽しみだ」などと言うものだから、空良はますます小さくなって心で謝罪する。

屈託なく話し続ける高虎と桂木の耳から逃れようと、小走りに近い早足で進む空良なのだが、高虎は余裕でそれに追いついて、恥ずかしい話を延々と繰り返すのだった。


港での視察から一月半後、空良は船の上にいた。

日向埼の港を出発して三日目となる。今日はこれまでで一番風が強く、揺れは激しいが、その分船の進みも早かった。本日の停泊先には予定よりも前に到着しそうだ。

空良たちの乗る船は中型の安宅船(あたけぶね)で、伏見玄徳がわざわざ迎えを寄越してくれたものだ。ここに本人はいないが、高虎たちの来訪を本当に心待ちにしていたことが窺えた。

船の容量には限りがあり、岩浪側の乗員もいるため、こちらの家臣全員が乗ることができない。そこで、海路と陸路の二手に分かれて行くこととなった。船には高虎と空良、魁傑に佐竹の四名が乗っている。孫次たち領民五名も一緒だ。

桂木は陸路組だ。魁傑がそのように采配した。あちら側は百人態勢で、馬と徒歩(かち)で岩浪を目指している。伏見からの要請は峨朗丸らとの交渉だったが、万が一のことを考え、僅かばかりの兵を動かすことにしたのだ。

ここ最近では、高虎が桂木を重用しており、行動するときにはいつも共にいたので、なんとなく物足りないような、それでいて少しばかりホッとしているような、そんな心持ちだ。桂木を特に苦手に思っているわけではないし、空良に対して悪意や敵対心を向けられたこともない。けれどあの柔和で静かな佇まいでありながら、妙な存在感を醸し出す彼が側にいると、なんとなく緊張し、絶えず背筋を伸ばすような気分にさせられていたのだった。

空良は甲板の上で風に当たりながら、広大な海の景色を堪能していた。陸が見えず、周りが海ばかりの光景は、初めは心許なく恐怖を感じたが、三日目の今はだいぶ慣れた。

飽きもせず海を眺めていると、高虎が魁傑と共にやってきた。これからの算段を話し合っており、休憩をしに来たのだろう。岩浪に到着するのは、順調に行ってもあと七日は掛かる。

空良の近くまでやってきた二人は、揃えたように腕を上げて伸びをした。中型船といっても漁船に比べれば相当大きな船だが、やはり閉塞感があるのだろう。

「お疲れさまでございます。順調ですか？」

空良の声に、大きな身体を捻って解しながら、高虎が「ああ」と言った。

「船の進みは今のところ滞りない。今日は岩浪の領地のことや、宇垣群島の海賊の詳しい話など、船の者に話を聞くこともできた。孫次が存外役に立つぞ。連れてきて正解だった」

船を操るのは当然岩浪の者で、漕ぎ手のほとんどは平民だ。護衛として伏見側から派遣されてきた武人も数人いるが、彼らよりも詳しい話を、孫次が聞きだしてくれたようだ。遠くで睨み合っている水軍より、漁のために頻繁に海に出ている漁師のほうが事情をよく知っていて、また他国の船に乗る者からの新しい情報も持っていた。

「漁の仕方の違いや、船の構造についても、随分と話し込んだようだ。どんどん聞き出して吸収しろと言っている」

「そうなのですね。わたしもそれは聞きたいです」

できれば空良も交じって話を聞きたいと思ったが、それは止められた。仮にも領主の伴侶で、今回は軍師扱いで岩浪に赴いている。そのような立場で気軽に他国の平民に接するのは駄目だと釘を刺されたのだ。

「桂木さまたちは、今どの辺りでしょう。順調に進んでいますでしょうか」

「今まで特に大きな天候の崩れもないようだからな。心配はないだろう」

海路よりも陸路のほうに時間が掛かるので、桂木たち一行は先んじての出立だった。同時期に到着できればいいが、こればかりは分からない。

「空良殿は、桂木殿について、どう思われますか？」

高虎の側に控えていた魁傑が、唐突に問うてきた。こちらに向ける目は真剣で、彼が何かを懸念していることが窺える。

「とても頭の良い方だと思います。それに、今まで旦那さまの周りにいた者とは、少し違うような感じがいたしますね。系統というか、性質というか。とにかく不思議な雰囲気のする方です」

「何か言われたりはしていませんか？」

「何も」

桂木がいるときは、必ず高虎が一緒だし、そうなれば魁傑も側に控えているのだ。魁傑の知らないところで桂木が空良に言葉を掛ける機会は、今のところない。

「魁傑さまは、桂木さまのことを警戒されているのですよね」

「然り」

日向埼にやってきた当初から魁傑はそう言っていた。桂木の毒気のない立ち居振る舞いは徹底しているので、荒事などは起きないが、魁傑はずっと警戒したままでいる。静かなのが却って不気味で、何を考えているのか分からないのが嫌なようだ。

「茂南沢は小さな領地ですが、婚姻や養子縁組によって多くの後ろ盾をつけ、土地を守っているのだと聞きます。高虎殿のご母堂の輿入れも、その一端だと」

「そうなのですね」

「桂木殿たちがこちらにやってきたのも、それが目的でござろう」

「旦那さまに茂南沢から嫁を送りたいと？」

「絶好の機会ではありませぬか」

高虎は茂南沢とはすでに親戚関係がある。しかも飛ぶ鳥を落とす勢いで発展している国の領主だ。おまけに伴侶としている者は男で、二人の間には絶対に子が生まれない。茂南沢からすれば、これほど良い条件の領主はいないだろう。

空良には直接何かを言うことはないが、桂木は城の者たちから、いろいろと情報を引き出しているらしい。他所からの縁談の話がないのかとか、本当は空良以外に囲っている者がいるのではないかなどの探りを入れているのだと。

魁傑はそんな桂木の動きを監視しながら、嫌疑を深めていったらしい。

「コソコソと動きおって。あのヘチマ爺め」

「桂木さまはまだそんなお年ではありませんよ？　ヘチマに似ていますかね？　瓜ではなく」

「ヒョロヒョロとして歯応えなく、瓜よりも劣ります。味も不味いですからな！　泥臭くて食えたものではない」

「泥臭いのは土のせいですよ。別の場所で育てれば、美味しく育ちます」

「ぐぬぬ……」

日向埼ではヘチマを農産物として育てているのではなく、垢すりとして自生したものを山から採ってくるだけだ。食用として扱うなら、畑で育てればいいのだが、まあ、魁傑の言う通り、そこまでして食べたいものでもないのは事実だ。

「でも、今のヘチマでも工夫すれば美味しく食べられますよ？　味噌を付けたりすれば」

「別の味で補強しなければ美味くならないのがそもそも駄目でしょうが。失格ですな」

そんなものなのかと、ヘチマと桂木を並べて思い浮かべ、ちょっと似ているかもと呑気(のんき)に笑っている空良に、魁傑は「笑い事ではありませんぞ」と、いかつい眉を吊り上げる。

「ああいう姑息なことをするのが気に入らんのです」

「間諜(うかみ)としては有能ではありませんか」

「某(それがし)に見破られている時点でたいしたことはありませぬ！」

魁傑はいきり立つが、桂木がそれほど秘密裏な行動をしているわけではないように思える。魁傑だって菊七(きくしち)や昔の仲間を使って同じことをさせているのに、とにかく桂木のすることが気に入らないらしい。

単純に、二人は馬が合わないのだろうと、目の前で憤っている魁傑の様子に、空良は思った。高虎を含めた日向埼の者は、総じて直情的だ。桂木はその真反対側にいるような武人なので、たぶん本能的に反発してしまうのだろう。

「俺も直接言われたぞ。茂南沢から養子をとらないかと」

高虎の言葉に、魁傑の形相がみるみる変わっていく。

「っ、な……っ！　あのヘチマッ！　あちらで会ったら成敗してくれる！」

「落ち着いてください。成敗されるようなことではありません」

「しかし……！　許せませぬ」

国同士の政略結婚は世間では当たり前のことだし、隼瀬浦にいた頃にも、幾度となくその問題につき当たり、いろいろと悩んだこともある。空良と高虎の一番身近にいる魁傑だから、そんな二人の姿をずっと見ていて、情が移り過ぎたための逆上だ。

「空良をないがしろにするような言動であれば、先に俺が成敗していた。だからお主もそういきり立つな。空良の言うように、非常識なことでもなんでもない」

非常識なのはきっとこちらのほうなのだからと、高虎も鷹揚に笑っている。

「旅程を分けて正解でしたな。そのような提案をする者を何故側に置いているのですか。それほど使い勝手の良い者のようには思えませんが。目覚ましい働きをするわけでもないのに」

新参の者を側につける危険性は高虎が一番分かっているだろうにと、魁傑はそれが不思議なようだ。

「うーん。確かに取り立てて使い勝手がいいわけではないな。むしろ悪いか？　あれとの対話はいろいろとやりにくい」

「それならば、何故重用するのですか！」

高虎が首を捻り、「何故だろうな？」ととぼけたことを言う。

「空良の言うように、俺の周りに今いる者たちとは感じが違ったからな。なんとなく側に置いていただけだ。茂南沢に多少気を遣ったということもある。まあ、お前がやりづらいというのなら、この旅を機に遠ざけてもよい。どうしても合わない相手という者はいるからな」

高虎が「新参のあの者より、俺はお前のほうが大切だ」と言って笑うと、魁傑が丁寧に頭を下げる。

「……有り難き幸せ。して、その養子のお話ですが、高虎殿はなんとお返事を？　もちろん断ったのでしょうな」

「まだそのようなことは考えていないと言った」

「それは……っ、いけません。『まだ』と返答すれば、では『いずれ』はその気になると、ますます熱心になるではありませぬか。茂南沢の者はとにかくしつこいのだと聞いております。悪手を打ちましたな」

魁傑は桂木を警戒し、その思惑を探ろうと方々に手配したようで、その中には隼瀬浦からの情報もあった。古くから三雲に仕える阪木(さかき)から文が届き、いろいろと教えてもらったらしい。

高虎の母親が亡くなり、嫡男の次郎丸が生まれたとき、それまで三雲の跡取りと目されていた高虎は、あっけなくその座を譲った。高虎の中に葛藤があったことを空良だけは聞いていたが、表向きは穏便に跡目争いが終結したのだ。

しかし、諦めきれなかった茂南沢は、跡目が決まったあともいろいろと暗躍した。その頃の隼瀬浦は、頭角を現し始めたばかりで、大国に対抗する力はまだ弱かった。茂南沢はなにがしかの盟約を取り付け、圧力を掛けたようだ。当主はそれに対抗し、別の大国の後ろ盾を得るなどして、奔走したという。

そんな水面下での攻防が続き、当主時貞はとうとう茂南沢を見限った。それ以来、二国は疎遠のまま数年が過ぎている。

高虎もそのあたりのことは朧気に知っていたが、当事者なこともあり、茂南沢に唆されて担ぎ出されることを懸念され、中心から遠ざけられていたので、詳細までは知らなかった。

そして数年過ぎた最近になり、別国の領主となった高虎に直接近づいてきての現状である。

「茂南沢から与力の打診があったときに、俺も隼瀬浦に相談したのだ。父からは俺に任せるという返事がきた。あちらの領主は既に代替わりをし、国の様子もだいぶ変わっているだろうからな。なにより俺の母親の故郷だ。疎遠になってしまったことを、父は気にしていた」

国同士の縁を結ぶ政略的な婚姻でも、二人の間には確かに愛情があった。以前、空良は時貞と話をしたことがあったので、そのことを知っている。

当時の茂南沢の領主は、高虎の母の伯父だ。彼女の死を悼むと共に、忘れ形見である高虎の身を案じての行為だったのかもしれない。

「考えた末、受け容れることにした。恩を売るのもいいかという打算もあったし、単純に兵力が増すのは悪いことではないからな」

高虎は海へと視線を移し、続きの言葉を語る。

「茂南沢の思惑はもちろん見て取れた。初めは純粋に婚姻させようとしたが、上手くいかないことを察し、すぐさま方針を切り替えたのだろう」

三雲の鬼神が男の嫁を娶ったことは、広く知れ渡っている。どれほどの美丈夫か知らないが、所詮は男。付け入る隙はあると踏んでいたのだろう。

「しかし、俺の選んだ伴侶は、どんな姫にも勝る美貌を持ち、その上賢く、おまけに先見の明まで持つ、三国一の嫁様だ。誰をぶつけても勝負にならないと早々に諦めたのだと思うぞ」

そう言って、にこやかな顔を空良に向けてくる。「なあ」と、同意を求められ、空良は困惑して下を向いた。

「褒め過ぎでございます」

「足らないぐらいだ」

肩に腕を回され、甲板の上で抱き寄せられる。

「何も不安に思うことなどないのだぞ。そなたは俺の隣にいて、のうのうと幸せに暮らしていればいいのだ」

幾度も聞いた頼もしい言葉を贈られ、空良は高虎の胸に身体を預けた。

「不安に思うことなどありません」

「そうか」

「でも先ほどのような褒め言葉は、あまり言わないでほしいです。恥ずかしいし、いたたまれない心持ちになりますゆえ」

「本当のことなのに？」

「旦那さまだけですよ、そんなふうに言ってくださるのは」

美貌だとか賢いだとか、高虎だけにそのように映るのであって、それは欲目というものだ。死に至らない病だと次郎丸が言っていた。たぶん空良も同じ病に罹っているからそれはいい。けれど高虎は、誰の前でも臆面なくそれを口にするから困るのだ。だって、実際はそんなことはないのを自分がよく知っている。美貌などとんでもない。賢いなどと言われれば、隠れてしまいたくなる。

「それは違う。誰が見てもそなたは綺麗ではないか。特にここ一年で妖艶さが増し、ますます磨きがかかっておるのだぞ。肌艶も輝くようで、豊かで黒々とした髪も香しい。何よりその瞳の美しいことよ。凄まじく引き寄せられる」

「もういいですから」

「もっと言いたい。恥ずかしがる顔がまた可愛らしいのだ」

高虎のからかいが始まったと、軽く睨み上げると、高虎は嬉しそうに眉を上げ、白い歯を覗かせた。

自分なんかより、高虎のほうがよほど美しい姿をしているではないかと、恨めしい気持ちが湧き上がってくる。

「……旦那さまこそ、世の女子の大半が見惚れるようなお姿ではないですか。密かに想いを寄せている女人も、もしかしたら殿方も、日向埼にもたくさんいると思います」

低い声でそんなことを言う空良に、高虎は「お?」という顔をした。

「岩浪に着いたら、きっと向こうの姫様に惚れられますよ。何処へ行ってもそうですから」

「悋気か。嬉しいな。しかし心配することはない。俺は空良一筋だ」

「知っています」

高虎が笑った。「それならいい」という言葉に、空良も笑う。

甲板の向こうから、魁傑が大きく咳をするのが聞こえてくる。いつの間に移動したのか。

「高虎殿、そろそろ休憩は終わりです。戻りましょう。名残惜しいとは思われますが」

「ならばもう少し融通しろ」

「なりません。十分融通したつもりです。皆が待っておりますゆえ。さあ、さあ」

「なんだ。お主、最近阪木に似てきたな」

「まさか！　あのような小うるさい者と一緒にしないでいただきたい」

「そうは言うが、次郎丸といるときなど、相当小うるさいと思うぞ」

「八つ当たりなどしないで、さっさとお仕事に戻りましょう」

家臣たちの元へ連れられていく高虎を笑って見送り、空良は再び海と空の境目に視線を向けた。

風は幾分弱まっているが、頰を撫ぜる風が少し冷たい。高虎にからかわれ、熱が上がってしまったので丁度いいと思った。

難しい交渉事に臨もうというのに、どうにも気が抜けてしまう。こんなことではいけないと気を引き締め、けれどあちらに着くまでにはまだ何日もあるのだからと思い直した。

魁傑に聞かされた茂南沢の話にも、桂木に直接打診されたという養子の話にも、空良の心は少しも乱されていない。自分もだいぶ図太くなったなと、苦笑が漏れた。

「いずれ悩むようになるのかな。必要なことだし」

空良以外に伴侶は持たないと豪語している高虎には、いずれ跡目の問題が大きく降りかかってくる。これは夫婦だけの問題ではないのだ。日向埼の領民たちも、きっと領地の将来に不安を持っているだろう。皆気のいい人たちなので、空良の耳には入ってこないが。

いずれ――それはきっと遠くない未来だ。家臣や領民に向け、彼らの不安を取り去るために、これからの方針を宣言する日がくるだろう。

子が望めないのだから、養子をとる。

茂南沢からとるのか、他の国から迎えるのか。或いは、隼瀬浦の親戚筋からという手もあるだろう。

高虎がどのように決めても、空良は従うだけだ。

「次郎丸さまのお子をお迎えするようなことになれば、きっと楽しいだろうな」

出会った頃の次郎丸の姿を思い浮かべ、空良は微笑む。

あれから四年が過ぎ、幼かった次郎丸も青年になりつつある。背もだいぶ伸びていた。空良も少しは伸びたが、指二本分ほどだ。次に会ったときにはきっと次郎丸に追い越されている。どのようなお嫁様を娶るのか。生まれる子はきっと可愛らしいだろう。

次郎丸にそっくりな子どもと手を繋いで歩く、自分たち夫婦の姿が浮かんでくる。それはとても幸せな光景で、空良は思わず頬を緩ませた。

想像を巡らせながら海を眺めているうちに、日が傾きかけてきたようだ。海の色が変わっていく。

甲板に佇む空良のすぐ側を、鳥が通り抜けていった。一旦海の上に出た鳥は、くるりと旋回してまたこちらへ戻ってくる。

「陸が近いのかな。船で羽を休めるといいよ」

ここに止まるかい？　と腕を伸ばしたら、鳥が近くまで寄ってきた。空良の指に止まる寸前で、スイッと上昇し、再び海に向かって飛んでいく。

「何を教えてくれたんだろう？」

鳥の行方を目で追っていると、遠くのほうに白波が立っているのが見えた。さっきの鳥が、その波の辺りを飛び回り、海面すれすれを滑るように横切ったり、また上昇して覗き込むような仕草で羽を動かしたりしている。

目を凝らしてみれば、他にも数羽の鳥がたむろしていた。

「魚群があるのか。船の人に言ってみよう」

鳥の集まる辺りはかなり遠いが、進行方向なので近づけそうだ。

空良は甲板の上を移動して、見張りの者に声を掛ける。

空良に声を掛けられた男は、初めは驚き、恐縮したような様子でいたが、魚群がいるという言葉に大きく目を見開き、慌てて走っていった。

鳥たちの集まる側まで船を進め、巻き餌をすれば、船の周りで激しい水飛沫が上がり始める。上から覗いて分かるほどの大量の銀色の魚が、躍るように飛び跳ねていた。

あとは網を放って引き揚げたり、たもで掬い上げたりと大騒ぎだ。孫次たちも参戦し、その日の船内はこの三日間で一番の賑わいを見せたのだった。


乗船してから十二日目に、空良たちは無事に伏見の領地、岩浪にたどり着いた。

予定よりも二日遅れたのは、天候の崩れにより海が荒れたためだ。船員に言わせると、二日の遅れで済んだのはとても運が良く、特に今の季節は、五日から七日も遅れるのが普通なのだそうだ。

岩浪という領地は、日向埼とはまた違った風情の大領地だった。強力な水軍を誇っているという言葉の通り、港は大型の船が何艘も停泊できるほど広大で、整備も行き届いている。

その港にほど近い場所に城があった。四方を水が張られた堀に囲まれて、都度橋を渡し、行き来するようになっている。城の背後に城下が延び、その先には田畑が広がっていた。

孫次たちは城下の宿を紹介され、ここで一旦別れることになる。事前に申し渡していた通り、造船所や漁場、城下町の趣などを見聞してもらう。桂木たちはまだ到着していなかった。

船旅の間、仲良しになった鳥のお蔭で、毎日大量の魚を手に入れられた。それらは自分たちで食べたり、立ち寄った港で売りさばいたりした。そのときも孫次たち日向埼の漁師の集団はよく働いてくれ、やはり連れてきてよかったと、高虎と笑い合った。彼らにとっても他所の国の漁港で商売ができ、いろいろと学べたと喜んでいた。

堀に橋が渡され、城に到着すると、伏見が大歓迎の態(てい)で迎えてくれた。すぐに中へと招かれ、歓迎の宴が開かれることとなる。岩浪の城には空良たちが今朝捕った大量の魚が運び込まれる手はずになっていた。

宴会の席に着けば、伏見とその家臣だけでなく、近隣からも客が招かれていた。高虎一行の到着を聞きつけ、馬で駆けつけたのだという。本来はもっと大勢が集まるはずが間に合わなかったのだという話だ。到着の予定が延びたのがたった二日というのが誤算だったようで、早くても明後日以降だと思われていたらしい。

「空良殿の力か。そなたは天候を操るからな」

「そんな力はございません。今回は天候にとても恵まれただけです。運がよかったのですね」

主賓として伏見から酌を受けながら、如才ない受け答えをしようと奮闘する。伏見は相変わらずの髭面(ひげづら)で、笑っていても目の光が強い。

「間に合わなかった者たちは、今頃慌てて出立の準備を整えていることだろう。なに、日向埼のもう一行が到着した折には、もう一度大々的に宴を催すつもりだ」

高虎がこの地にやってくるという話は、伏見の要請を受諾するという返事が届くと同時に、あちこちに広がっていったらしい。誰もが『三雲の鬼神』に相見える(あいまみえる)機会を逃したくなく、また、その伴侶の姿も一目見たいと思っていたという。

昨年の四国合同での戦は、その奇抜な策が有名で、芝居にもなっている。芝居では本物の美貌の青年菊七が、空良の役を演じているのだ。興味をそそられるのは当然だろう。

伏見の挨拶と空良たちの紹介が終わると、皆我先にと主賓の元へ集まってくる。空良の隣に座る高虎も、無骨な武人に囲まれた。

「それにしても、噂に違(たが)わぬお姿で。これはまた……」

一番にやってきた殿方は、空良に酌をしながらそんな言葉を吐いた。

「某もあの芝居を観たのですよ。伏見殿の話によると、ほぼ実話なのだそうで」

「全部が実話というわけではないのです」

複数を相手取った立ち回りなどは完全な捏造(ねつぞう)だ。役柄も大袈裟に演じられており、筋は合っているがそれ以外はほとんど実話ではないと、空良は思っている。

「役者も飛び切りの美玉でしたが、ご本人様はまた違った妙味がありますな。殿方だというのは見間違いのない姿なのですが、なんというか、そういったものを超越した美しさですな」

眼福だなどとおだて上げられ、顔が引きつらないようにするのが精いっぱいだ。皆、伏見と誼を結ぶ方たちなので、侮蔑の目を向けることもなく、友好的な態度にホッとするが、このような持ち上げ方をされると、どうしていいのか分からなくて困ってしまった。

次々やってくる客も皆、口を揃えて空良を褒めちぎる。明媚だとか、鬼神の気持ちが分かるなど、昨年の戦で顔見知りになった人まで去年よりも美貌が磨かれたなどと言うのだ。高虎が空良の容貌を大袈裟に褒めるのは、こうした宴席での褒め殺しに慣れさせるためだったのだと、ようやく納得した。

隣の高虎のほうでも、これまでの戦の話や新しい領地の話、問題の海賊の話題なども出るが、やはり空良への賛美を贈られたようで、上機嫌になっていた。少し離れた席では、魁傑と伏見が顔を近づけて話し込んでいる。強面同士、とても気が合うらしい。

宴が進むうちに場が解れていき、途中で空良たちが持ち込んだ魚が振る舞われ、そこでも空良は褒め称えられた。船の上で鳥と語り合い、人の目では分からない魚群を見つけるのだと、同行した岩浪の者から報告があったという。

魚群を探知する秘訣を聞かれて鳥のお蔭だと答えたり、稀有なことだと称賛されてまた困ったり、酌を断るのに苦慮したりと、いろいろと気持ちが上下して忙しかった。

それでも空良の席を訪れる人は、皆にこやかで、ひとかけらの悪意も滲んでいないことが心地好かった。また、空良を高虎の嫁として、自然に受け入れていることがとても嬉しい。

また一人、空良の前に人がやってくる。昨年の戦のあの奇策を、どのようなきっかけで思いついたのかと、にこやかに尋ねられ、あの頃のことを思い出しながら語る。

「私も芝居を観たのですよ。伏見殿からの話も聞きました。雨を利用して川を動かし、湿地を湖にしてしまうとは、まったく思いもよりません」

「いろいろな偶然が重なった結果です。運が良かったとも言えましょう」

「地形を調べるために、自ら偵察に出向くとは、才覚だけでなく、勇敢さも持ち合わせているのですな」

芝居で語られた本筋を、本人の口から聞きたいと、先を促し、楽しそうに聞いてくる。賑やかな宴会が進む中、空良は善意の人々に囲まれて、夢見心地で過ごすのだった。


宴が終わり、空良は高虎と共に用意された客間の寝所へと戻ってきた。寝間着に着替え、寝具の上にペタリと座る。

「平気か？　だいぶ飲まされていたようだが」

「いいえ。それほどでも。初めのうちは断るのに難儀しましたが、皆さん無理強いをするようなこともなくて助かりました。途中からはずっとお茶を頂いていました」

「そうか。安心した。なにしろあちこちから声を掛けられてな、一緒にいてやりたかったが、

「理解しております。疲れはしましたけど、とても楽しゅうございました」

奇異な目で見られることを覚悟していた。どれだけ覚悟を固めても、慣れることはない。嫌味や侮蔑もあるだろうと、心に鎧を着こみ、気鬱な心持ちを無理やり押し込んで挑んだ宴の席だった。そんな空良に、伏見もその家臣も、近隣から駆けつけてくれた人も、皆が心からの歓迎の意を表してくれたのだ。これほど嬉しいことはない。

「それにしても、誰も彼もそなたを称賛する声ばかりで、少し妬けたぞ」

宴の席で空良に向けられた言葉とほぼ同じものを聞かされたらしい高虎が、いつものように悋気を起こし、空良の腕を引っ張る。

「空良も戸惑いました。あまりにも明け透けな世辞に、どのように対応すればいいのか分からず、だいぶ難儀いたしました」

普段は気をつけているのだが、長旅のあとにすぐ宴があり、それが滞りなく終わったことで、つい気が緩んでしまい、「わたし」から「空良」と、自分を呼んでしまう。

そんな空良に、高虎は嬉しそうに笑った。自分で名を呼ばなくなったことに、少々寂しそうにしていることを空良も知っていたが、立場があるので気をつけていた。高虎も分かっているので、何も言わないでいる。

「世辞ではないだろう。どれも本当のことだ」

優しい夫は今日も空良を甘やかし、そんな言葉をくれる。

「でも、旦那さまのお蔭で乗り切れました」

「俺の？」

「はい。あのような場で上手く対処できるよう、旦那さまは空良を鍛えてくださったのでしょう？」

「意味が分からないのだが」

空良の身体を持ち上げ、膝の上に乗せた高虎が、不思議そうに目を覗いてくる。

「過剰な褒め言葉にも狼狽えないようにと、旦那さまが鍛えてくださったのだと、今日初めて分かりました」

「過剰な褒め言葉とは？」

「美貌だとか、……その、賢いだとか、そういう……いろいろ。その、旦那さまがいつも空良に言ってくださるような」

自分に言われた褒め言葉を、自分の口から言うのが恥ずかしく、だんだん声が小さくなる。

「空良。そなたは俺がお前を鍛えるために、心にもないことを言っていると？」

「いいえ。旦那さまのことはそうは思っておりません」

高虎が心底空良を大事にし、いつでも甘い言葉をくれるのは、本心からだと信じている。

「けれど他の方は違いますでしょう？」

昨年の初陣で空良は武功を上げた。日向埼に赴いてからも、役に立てていると自負している。礼を言われれば素直に受け取れるぐらいには、自分に自信もついてきた。けれど宴席でのあれこれは、あまりにも大袈裟過ぎて、自分のことだとはまったく思えない。お追従とまでは言わないが、それに近いものはあると思う。なにしろ自分の夫は、名将と名高い『三雲の鬼神』なのだから。

不意に、高虎が纏っている空気が変わり、空良はそっとすぐ上にある顔を仰いだ。不穏な気を感じる。怒っているのだろうか。

「空良」

「……はい」

どんな失敗をしてしまったのかと、小さくなって返事をすると、高虎が溜(た)め息を吐(つ)いた。

「呆れられたのですか？」

「そうではないが。……いや、少し呆れているかもな」

「……申し訳ありません」

自分の何が悪かったのか、まるで分からない。だけど夫は空良に呆れ、憤っている。

「旦那さま。空良の何がいけなかったのか、教えてください。悪いところは直しますから。なんでも直しますから」

嫌われたくないという一心で縋(すが)るように訴えると、高虎を纏う空気がフッと緩んだのを感じた。

「ここしばらくだいぶ逞しくなって、自負心も育ったと思っていたのだが、心はまだまだ無垢のままだったか」

高虎はそう言って、「そういうお前も愛しいのだが」と、呟く。

「俺はそなたを鍛えようと思って、日々甘言を吐いているのではない。本心から言っている。それは分かっているのだな？」

「はい」

「そして、先ほどの宴での皆から贈られた言葉、具体的に何を言われたのかまでは分からないが、彼らの言葉も恐らく本心からのものだと思うぞ？」

「え、でも、そんなことは……」

「そうなのだ」

反論しようとする空良の言葉を遮り、高虎が断言する。

「聞こう。宴席で何を言われた？　言われたことをそのまま答えよ」

弟子を諭す師のような尊厳ある声音で問われ、空良は懸命に思い出そうとする。

「噂に違わぬ姿だと」

「うん。どんな噂かは想像がつく。あとは？　なんと言われた？」

「菊七さんはとびきりの美玉で、わたしはそれとは違う妙味があると」

「ああ。あれはあれで目に眩しい美貌持ちだからな。しかし俺は空良のほうが断然美しいと思うぞ。他には？」

「殿方の姿なのは見間違えないが、そういったものを超越しているとか」

「その通りだ。以前の幼い頃の姿なら、どちらかというと女人寄りにも見えたものだが、今は違う。あの頃は小さく細く、嫋やかさが前面に出ていた。幼気なそなたも凄まじく可愛らしかった」

栄養の行き届かない生活を長く営んでいたせいで、高虎と出会った頃の空良は、か弱く幼気で、庇護欲をそそられたのだと、あの頃のことを思い出しながら、高虎が言った。

それが今は二十歳も過ぎ、栄養は身体の隅々に行き渡っている。背も少しだけ伸び、肉付きもよくなった。女人のような嫋やかさが消え、その代わりに伸びやかな瑞々しさと、しなやかな逞しさが浮き出てきたという。

「その者が言った言葉は嘘ではないぞ。確かにそなたは性別を超越した美しさを持っている。他には何を言われた？」

問われるまま並べていく褒め言葉の一つ一つを高虎が肯定し、その上に美辞麗句を補足していく。くすぐったいが、高虎の言葉なら信じられる。

「それから、昨年の戦で顔見知りになった重臣の方に、あの頃よりも美貌が磨かれたと言われました」

「まったくその通りだ」

高虎が言うには、日向埼に赴いてからの一年で、空良は外見も内面も劇的に変化したという。

「そんなに変わりましたでしょうか？　よく分かりません」

「自分では分からないものなのか。しかし鏡を見れば多少は気づくと思うのだが」

「鏡など、そんなによく覗きません」

外見に頓着しない空良は、身支度を整えるときでも鏡を覗くことはない。化粧をするわけでもないのだし。鏡以外の何かに自分の姿が映っても、背が少し伸びたかな、ああ猫背になっているな、など、そんなことしか確認していなかった。

「旦那さまは鏡を見るのですか？」

「……言われてみれば俺も見ない」

空良の反問に、顎に手を当てながら、高虎も確かにそうだと言った。

内面の変化は自覚しても、外見が変わっているなど、まったく気にしていなかった。高虎は空良に出会った当初から、いろいろ褒め言葉を与えてくれたので、それがただ嬉しくて、有難いと思うだけだった。

「それに隼瀬浦にいたときにも、日向埼でも、旦那さま以外に言われたこともありませんし」

だから高虎の目にだけ自分が特別なものに映っているのだと理解し、幸福を感じていたぐらいなのだから。

「改めて言っていないだけだ。皆同意しているぞ？」

「そうなのですか」

「ああ。それに、俺以外の者に、気軽にそのようなことを言われたくないからな。周りも承知していて遠慮していたのだろう」

「遠慮ですか」

高虎が常日頃発するような言葉を、例えば佐竹とか、……魁傑などはあり得ないが、空良に向けて言ったら、高虎が激昂することは目に見えている。特に親しくもない者が、すれ違いざまに投げかけでもすれば、抜刀騒ぎになりかねない。それほど見境がないことは痛いほど分かっている。

「納得したか？　そなたはそろそろ自覚したほうがいい」

そう言って諭されるが、今ひとつ腑に落ちなくて、曖昧な返事しかできない。そんな空良を眺めながら、高虎が小さく笑った。

「だが、自覚したからといって、他の者の声を鵜呑みにするなよ？　……あ、いや、鵜呑みにしていいのだが、あまり浮かれるな。……これも違うな」

自分の外見に自信を持ってほしいが、他の者の目を気にしてほしくないと、ここでも悋気と戦っている高虎が面白い。

「空良は、人の美醜について、考えたことがありません。もちろん、自分のことも」

花は美しく、甘い香りにはそそられる。鳥の歌声も心休まり、綺麗な音だとうっとりする。けれど、人の姿に関しては、どれほど綺麗に整っていても、感心はするが、心を動かされることはない。ただ一人を除いては。

「旦那さまのお顔が好きです」

逞しい身体も、洗練された立ち居振る舞いの美しさも。出会って四年経った今でも、見るたびに息が詰まるほどで、いつでも見惚れてしまうのだ。

「旦那さま以外の方の美醜など、空良はなんとも思わないのです」

「空良……」

「旦那さまからいただくお言葉はとても嬉しいですが、他の方から言われても、困ってしまうばかりで、全然嬉しくありません。でも、旦那さまが自慢に思うなら、そういうものでありたいと思います」

容貌はいつか衰える。それでも年齢なりの美しさがあり、それが夫の好ましい姿であってほしいと願うばかりだ。

「そなたは本当に……」

独り言のように呟きながら、膝に乗せたままの空良を抱き寄せた。口づけを落とされ、寝間着の合わせに大きな手が忍び込んでくる。

「……旦那さま。いけません。ここは日向埼の寝所ではありません」

重要な客が泊まっている部屋の外には、不寝番が待機しているのだ。

「こんな可愛らしいことを言われては、お返しをせねばなるまい」

首筋に唇を滑らせ、軽く吸われた。

「けっこうです。じ、十分ですから……あ、ふ……」

「それでは俺の気が済まない」

再び唇に戻ってきて、強く吸われながら舌を舐(ねぶ)られる。口づけを交わしながら、高虎の手が帯を解(ほど)いた。

「や、本当に、駄目……、外に人が……」

「声を上げなければいいだろう」

「無理、です……、ん、ぅ、ん」

焦って逃げようとする腰を摑(つか)まれ、きっちりと高虎の上に座らせられた。寝間着を剝ぎ取られ、褥(しとね)の上に放り出される。駄目だと諫めようとする言葉を、再び唇で塞(ふさ)がれた。

「……ふ、っ、ふ……」

こうなってしまえば高虎は止まらない。観念して、高虎に言われた通りに声を抑えようと努力する。船旅の十二日間、こんなふうに触れ合う機会がなかったのだ。触れられた肌がすぐさま熱を持ち、敏感に反応する。

身体を持ち上げられ、高虎の唇が胸先に下りていこうとするのを引き留め、その頭をきつく抱く。

「空良」

「だって、声が。……塞いで、ください。旦那さま……」

潤んだ瞳で懇願すれば、高虎が笑みを浮かべ、口づけをくれた。

「ん、……ん」

声を吸い取られながら、高虎の指先が胸の粒を弄ぶ。首に回していた腕を解き、空良も高虎の帯に手を掛けた。自分だけが裸に剥かれていることを目で抗議すると、高虎が笑い、自分の寝間着も脱いでいく。

お互いに全裸になり、もう一度おいでと誘われ、胡坐をかいている夫の膝を静かに跨ぐ。太腿を撫でられ、促されるまま素直に脚を開いていった。

夫の雄芯はすでに猛々しく育っており、空良は自身のささやかなそれを、高虎に押し付ける。合わさった二本の茎を、高虎の大きな手が同時に包んだ。

「んんっ、ん……ぅ」

それだけで心地が好く、つい声が出そうになるのを必死に抑える。口づけをせがみながら、高虎の手が上下されるのに合わせ、微かに腰を揺らした。

「……上手になったな」

素直に快楽を求める空良の姿を眺め、高虎が褒めてくれた。初めて肌を合わせたとき、無

知ゆえの恐怖と羞恥で泣き出してしまったことを思い出す。

あれから高虎は、ゆっくりと丁寧に空良を導いてくれた。素直に感じるのが作法だと教えてくれたのも高虎だ。その教えを守り、今も素直に従っている。

「は……、は……ぁ、……ふぅ、……ん」

口づけの合間に吐息を漏らす。クチュクチュと水音がし、お互いの雄芯がしとどに濡れていた。

「空良……」

高虎の眉が寄り、早急な仕草で口を吸われる。夫も声を我慢しているのだと分かると、愛しさが増した。これほど美しく逞しいのに、とても可愛らしい。

更に身体を押し付け、腰を回すようにして動かす。「……くっ」と、高虎が喉を詰め、再び唇が合わさった。

久方ぶりの触れ合いは、すぐにも高まり、二人して頂点へと駆け上がる。

「……ん、……ぁ、っ、……ふ、ふっ……はぁ……」

極みに近づき、思わず大きく仰け反った。

「んん……っ、んっ、ん——ぅ」

懸命に唇を閉じ、そうしながら愉悦の波に攫われていく。高虎の手が優しく頭を支えてくれた。己の欲望に忠実に没頭しながら、いつでも空良に気遣いを見せてくれる夫に、空良は安心して、快楽に身体を委ねていった。

岩浪に到着してから五日目、空良たちは城内の評定の間にいた。

城主である伏見玄徳とその家臣たち、そして日向埼からは高虎と空良、魁傑に加え、四日遅れで到着した桂木がいる。

伏見が言っていたように、改めて大宴会が催された翌日である。

評定の間を見渡せば、昨年の戦で幾度も顔を合わせた面々ばかりだった。あのとき軍議の場で常に伏見の後ろに控えていた周防（すおう）という男も、この場にいる。

「それでは宇垣群島を牛耳る海賊団についての説明からいたします」

周防の声で詮議が始まった。

宇垣群島は、岩浪から南西に下った先に、大小合わせて二十余りの島々が点在する海域であり、そこに峨朗丸率いる海賊団が拠点を置いている。

人数は増減があるが、およそ百五十から二百と推測され、群島のいくつかの島に散らばっているのだという。

傭兵としての彼らはかなりの強さを誇っており、是非専属にしたいと熱心に誘う武将も多いが、彼らは何処の配下にも入らず、独自の活動を続けている。傭兵稼業の他に、群島周りの航路を独占しており、通行する船に、帆別銭として積み荷の一割を徴収し、巨大な海賊団の生活を賄っているのだ。

「あの辺りは潮の変わり目が激しく、海底に沈んだままの島もそこかしこにあるため、これまでは、群島を避けた航路を使っていたのです」

群島を越えた先に、波多野という大領地がある。そこは西の地域では最大の港を持ち、貿易が盛んなのだそうだ。波多野に行くのに群島付近を避けて進もうとすれば、かなり沖のほうまで船を進めなければならず、時間的にも労力的にも負担が大きかった。

そこに峨朗丸たちが拠点を置くようになり、波多野に通じる最短の航路が確立された。海賊団の為した功績は大きく、多くの国がその恩恵にあずかっている。

ところが、岩浪の船だけは通ることが許されていない。伏見の寄越した文にあったように様々な嫌がらせがあり、昔通りの大回りの航路をやむなく使うしかないのだという。

「その海賊団の頭領、峨朗丸という男と、伏見殿とは因縁があると聞いたが、具体的にはどのようなことがあったのだ?」

高虎の問いに、伏見が苦い顔を作った。

「十年以上前のことだが、あれと、あれの率いる集団と結び、戦に出向いたことがある」

同盟国軍の援軍として水軍を出したときに、峨朗丸を雇い入れた。その頃の峨朗丸は、宇垣群島とは別の海域で、やはり海賊をしていた。彼個人の戦闘力も高かったが、誰より風や潮を読むことに長け、小回りの利く小早船の集団を、手足のように使いながら敵を追い込んでいったという。

伏見もその頃から水軍の育成に力を入れており、そこに峨朗丸たちが加わった結果、戦果は凄まじいものとなった。

寄せ集まった多国軍の中でも多大な成果を上げた伏見軍は、敵を一気に叩こうと、更なる侵撃を進めたが、勢い込むあまり敵の罠に気づくのが遅れ、ついには絶体絶命の状況に追い込まれてしまったのだ。

「我々は負けるわけにはいかなかった」

ここで自分が命を落とせば、軍が瓦解し、領地も失う。後任となる者はまだ育ち切っておらず、岩浪軍には『伏見の鬼瓦』の存在が未だ絶対的に必要だったのだ。伏見はどんなことをしてでも生きて帰らねばならなかった。

敵に囲まれ、援軍も期待できない中、伏見のとった策は玉砕覚悟の突撃。小回りの利く峨朗丸たちを使い、機動力で対抗しているうちに、一針ほど空いた敵軍の穴を潜り抜け、逃げるというものだった。

その戦いで峨朗丸の率いる船はそのほとんどが沈められた。もちろん岩浪軍の船も相当数が被害にあった。戦況は苛烈を極め、峨朗丸たちは逃げる伏見を追うことも叶わず、すべてが散り去るまで戦わねばならなかった。

「それで、伏見殿を恨んでいるというわけか」

「ああ、囮にされ、見捨てられたと言ってな。儂のせいで仲間の多くが死に、自分も殺されるところだったと。……結局生きているのだから、逆恨みもいいところだと思うのだが」

峨朗丸はいよいよ全滅というところで海に飛び込み、難を逃れた。漂流した末、生死を彷徨い、その後何年も臥していたらしいと、あとから聞いた。

戦の上での策であり、伏見はなんら後ろめたさを持っていないと言った。しかし峨朗丸にとっては許しがたい裏切りで、十年以上経った今でも恨んでいる。

「傭兵とはそういうものだ。危機が迫れば真っ先に捨て駒にされるのは当たり前のことだろうが。武人とは違うのじゃ」

伏見の敗走により敵国が勢いづき、結局戦は引き分けという形に収まったという。

「まあ、敵側は勝ったと騒いでおったようだがの」

憤然とした面持ちで、伏見が「だが負けてはおらぬ」と強い口調で言った。

「宇垣群島で、あれが幅を利かせ始めたのが二年ほど前だ。何処かから流れてきて、あそこに居つき、いつの間にか勢力を拡大していた」

それからはあれよあれよという間にあの辺り一帯を纏め上げ、気づけば巨大な海賊軍団が形成されていた。

「見事なものよ。敵対関係でなければうちの軍に引き入れたいぐらいだ」

「まさか伏見殿に復讐するために、わざわざ群島に来たのではあるまいな」

高虎の声に、伏見は不機嫌そうに眉を寄せ、「違うだろう」と言った。

「偶然流れてきたのだと思うぞ？　そこまで姑息な奴だとも思わないが」

粗野で尊大で大雑把な男だったと伏見は言った。腕っぷしも強いが、面倒見のいいところがあり、だから人が集まってくるのだろうと。

「嫌がらせをされる程度には恨まれているがな。まあ、忘れてくれとは言わないが、多少譲歩してもらえれば有難いのだ」

峨朗丸の嫌がらせがあるため、岩浪の船は従来の大回りの航路を使うことを余儀なくされているが、そろそろ我慢も限界となっている。

「いっそ本拠地ごと攻め落として、航路の運営権を奪い取ったほうが早いのではないか？」

高虎の声に、伏見がうーんと唸って腕を組む。

「まず、本拠地のある島に上陸することが難しい。潮目を読み、海底の障害物をすべて避けて辿り着くのは至難の業ぞ」

海賊を潰してしまい、群島付近の海路を失うのは本末転倒だとも。

「ならば峨朗丸だけを排して、海賊の中から新しく頭領を立てればよい。やり方はいくらでもあろう」

「あの辺りの詳しい情報があればよいのですな」

それまで黙って控えていた魁傑が口を開く。彼も高虎の意見に乗り気のようだ。

「その辺の情報は、峨朗丸たちが独占し、秘匿している。入手は難しいぞ」

「逆を言えば、情報さえ入手できれば、海賊どもを追い出し、海路を確保できるということですな」

「うちの領地以外とは、まあまあ上手くいっているのだから。こちらの都合で引っかき回せば、いらぬ火種を生む」

「他領には根回しをすればよかろう」

「分かっている。それでも講じられる手があるなら講じたい」

伏見の言葉に、この人は峨朗丸のことを評価しているのだと空良は思った。一緒に戦った話をしたとき、髭に隠れた口端が、ほんの少し上がっていたことからも、想像できる。

できることなら穏便に事を済ませたいと願っているのだろう。

そして、この交渉が決裂したあとの覚悟も決めている。

峨朗丸が交渉に応じない場合、海賊団を滅ぼすつもりなのだろう。それをしたくないから、伏見はこうしてできる手を打とうとしているのだ。

大領地の当主が、寄る辺ない集団にいつまでもやり込められているわけにはいかない。

「だからお主に頼んだのだ。儂の話には聞く耳持たぬが、お主が出れば、交渉の場に立つかもしれん」

僅かな望みを賭けて伏見が言う。頭こそ下げないが、強い眼光の奥には懇願の色が見える。

「伏見殿が事を荒立てたくないと望んでいるのならば、交渉に赴くのはやぶさかではないが」

「そうしてくれるか。有り難い」

「……難しいとは思うが」

高虎の呟きに空良も同意する。この交渉は難しい。

何処にも属さず、自分の腕一つで村ほどの規模の集団を作り上げた覇者だ。

商人ならば損得勘定を絡めた落としどころを見つけられるだろうし、頭主であれば、お互いの国の利害のために、冷静に話し合えるだろう。そこに個人の感情は挟まない。

そのどちらでもない峨朗丸は、己の感情を優先させた生き方を選び、海賊の頭領という地位を得ているのだ。説得して和解を望むには、彼の伏見に対する感情が拗れ過ぎている。

恐らく高虎の名を出したとしても、背後に伏見がいる限り、峨朗丸を交渉の場に引きずりだすのは無理だろう。

様々な感情の中でも厄介なのは、私怨だと思う。それを覆すのはとても難しいことだと、具体的な交渉の内容を吟味し始めた伏見の顔を眺め、空良はそっと溜め息を吐いた。

空良の予想に反して、交渉に応じるという返答を受け取ったのは、詮議の日から六日後のことだった。

岩浪領と海賊団との和解を求める内容を認めた呼び出し状を、高虎の名で送ったのが、詮議が行われた翌日のことである。

そして返状が来たのがその五日後。返状が来たことも、それが異例の速さで届いたことにも、城の者全員が驚いた。

「やはり高虎殿の名で出したことが功を奏したか」

返状の内容は、交渉には応じるが、ただし、峨朗丸が城に出向くのではなく、向こうの本拠地である宇垣群島で、会合を行うという条件付きだった。日時も一方的に提示してきており、明後日の八つ刻に宇垣群島付近の海域まで来いということである。

条件はそれだけではない。何故か交渉相手に空良を指名してきたのだ。

――『三雲の鬼神』の嫁を交渉の場に出すなら話を聞いてやる。鬼神はいらない。

「……交渉は決裂だな。ただちに水軍を編成し、進軍を要請する。微力ながら助太刀しよう。俺に船を寄越せ。一瞬で殲滅してやる」

返状に目を通した直後の高虎の言葉である。

「海賊団の間でも空良殿の名が知れ渡っているようですな。しかし、一体これはどういう意味と捉えればいいのか」

気炎を上げている高虎の横で、伏見が首を傾げている。

「お芝居を観た方がいるのでしょうか。ご本人さまが芝居小屋に足を運んだのですかね。役者とわたしとではかけ離れているのですが……」

先日行われた二度の宴会でも、菊七たちの芝居を観て、空良に興味を持った人たちがたくさんいた。峨朗丸もそうなのだろうか。

「どちらにしろ、返状が来たことは僥倖と言えよう。これまではこちらからの呼びかけは黙殺か、石を投げ返してくるようなことばかりだったからな」

どういう意図なのかは分からないが、初めて前向きな返答がきたことで、岩浪の者たちが明るい顔をしている。

「わたしに交渉役など務まりますでしょうか」

「空良殿ならば大丈夫であろう。昨年の軍議の場での手腕は見事であったからな」

「駄目だっ！　直ちに船を出せっ！　皆の者、出陣じゃ！」

「高虎殿、落ち着いてくだされ」

微かな糸口が見えたと周りが沸き立つ中でただ一人、高虎だけが交渉の決裂を大声で訴えていた。

「向こうは初めから話し合うつもりなどないのだ。このふざけた返状が証拠だろう。真に受けることではない」

「ですが、交渉の場に出ると言っているのに、いきなり攻め込むことなどできませんよね？

騙し討ちになってしまいます」

「これは宣戦布告だと俺は受け取った」

「絶対に違います」

高虎がとにかく話にならなくて、まずは落ち着かせることに、皆で苦労したのだった。

峨朗丸からの返状を受け取ってから二日後。空良は伏見水軍最大の安宅船の上にいた。およそ百五十人が乗れる大船である。

空良のいる船の周りには、同じ規模の船が三隻、空良たちを守るように囲んでいる。その他にも、中型の安宅船や、速さに特化した関船など、全部で十五隻が浮かんでいた。

更にここからは見えない距離に、十隻の安宅船が待機している。万が一戦闘が起こった場合、すぐに駆けつけられるようにとの配慮だ。

岩浪の港を出立してから半日が経った八つ刻、峨朗丸が指定した通り、空良たちは宇垣群島の海域近くまでやってきていた。遠方に様々な大きさの島が見える。ここから先は座礁の危険があるため、相手の訪れを待っているところだ。

「そろそろ見えてくるでしょうか」

これだけの大船団だ。空良たちが到着したことは知っているだろう。そう思って前方に目を凝らすが、こちらに向かってくる船団の姿はまだない。峨朗丸側もかなり大きい船を所有していると聞いていたから、それでやってくると思うのだが、一向に現れる気配がなかった。

「やはり交渉など行うつもりはないのではないか。いっそこのまま進軍すればいい」

空良の隣で仁王立ちしたままの高虎が言った。

この船に乗っているのは、伏見から貸し出された漕ぎ手の者と、護衛が数人。あとは日向埼からやってきた空良と高虎と、その家臣たち百名全員だ。もちろん桂木も一緒におり、今は高虎の後ろに控えている。

空良が交渉役として出ることに、最後まで反対していた高虎は、空良の説得と伏見の懇願により、渋々ながら承諾した。

ただし、会合の場はお互いの船上で行うとし、空良が向こうの船に乗り込むことも、また峨朗丸がこちらの船にやってくることも禁止した。あくまで距離をとったまま、直接接触することは許さないとしたのだ。

「あのようなふざけた書状を送ってくる輩だ。何をしでかすか分からないからな。そなたは俺の側から絶対に離れるな」

そう言って、高虎は海に浮かぶ島々を睨み続けているのだった。

「お、何やら近づいて来ますぞ」

待ち続けて四半刻余りが経った頃、漸く(ようや)前方に小さな影が見えてきた。魁傑がいち早く見つけ、船の上が慌ただしくなる。すぐ横に停泊している伏見の船からもそれが見えたらしく、こちらに合図を送ってくる。

「……ん？　随分小さくないですか？　普通の小舟のように見えますが」

影が近づいてきても、たいして大きくはならない。あのような小舟に乗って峨朗丸はやってきたのだろうか。

目を凝らして見ると、その小舟にはたった一人しか乗っていなかった。自ら櫂を漕ぎ、空良たちのいる船に近づいてくる。

「あれが……峨朗丸さまでしょうか」

伏見から聞いていた話と随分違う容貌に、空良は思わず目を見張った。獰猛な野生動物のような大男だと聞いていたが、それとはまったく様相が違うのだ。

確かに身体は大きいが、そこに荒々しさはなく、どことなく優雅にさえ見える。

違和感はそれだけではなかった。後ろで一つに括られた長い髪が大きくうねっていて、その髪の色が、収穫時期の稲穂のような、見事な黄金色をしているのだ。

「異国の者か？　しかし何故……？」

近づいてくる船は一隻だけで、他に同行する船は見当たらない。

小舟が空良たちの乗る船のすぐ近くまでやってきた。男は櫂を漕ぐ手を止め、こちらに向かって手を振った。「ヘイ」と、明るい声を出し、笑顔を見せている。

「どういうことだ？」

ずっと怖い顔をして海を睨んでいた高虎も、予想外のことに小さく口を開けたまま、呆けたような声を出した。

「峨朗丸ではないのか？　あの男はなんだ。まったく話が見えぬ」

戸惑っているのは高虎だけではない。空良も同じ気持ちだった。周りで待機している者たちからも、どよめきが聞こえてくる。

十五隻の船団を前にして、異国の男は尚も笑顔を絶やさない。肝が据わっているのか、高を括っているのか、まったく臆する様子もなく、毒気が抜かれるようなにこやかな表情をしたまま、こちらに声を掛けてくる。

「セッシャはザビさん。おみしりおき申し上げマス。ソラさんはどれデスか？」

あっけらかんとした声に、空良は思わず「あ、わたしです」と、前に出た。

ザビさんと名乗った金髪の男は、おう、と声を上げ、それからよく分からない言葉を発した。たぶん異国の言葉なのだろう。両腕を広げ、なにやら喋（しゃべ）っているがさっぱり分からない。

小舟の上でニコニコしている男の扱いに困り、どうすればいいのかと皆で顔を見合わせた。

峨朗丸からの条件に従い交渉の場に赴けば、本人がおらず、見ず知らずの異国人がやってきたのだ。

「ソラさん、乗って。島に行くヨ」

困惑していると、ザビさんが気軽な調子で手招きをする。

「ドン、待ってるネ。乗って」

男の言葉に高虎がカッと目を見開いた。

「空良一人を連れていくというのか。いかん！　駄目だ」

高虎が叫ぶが、金髪の男は笑顔のまま船に乗れと空良を手招く。

峨朗丸は船上での交渉をするつもりはなく、あちらの拠点に直接空良を招くつもりなのだ。話が違うと抗議をしても、本人はここにおらず、よく分からない異国人しかいない。

「これは、してやられましたな」

桂木が静かな声で言った。

「あちらに赴かなければ交渉もできませぬ。どうするおつもりで？」

「もちろんそのような誘いには応じぬ。空良を一人であちらに向かわせるなど、できるはずがないではないか」

「しかし、それでは話し合いはできませんぞ」

ならば決裂だと、高虎は事も無げに言うが、そんなことはできるはずもない。

ザビさんが「早くー」と、手を振っている。

「あの、行くのはわたしだけでしょうか。供は連れてはいけませんか？」

「空良！　行くことはない」

一人では流石に不安なので、誰かに付いてきてほしいとお願いする空良の腕を、高虎が強い力で摑んでくる。

「危険だ。これはもう決裂でいい」

「ですが交渉は始まってもいないのです。話をするだけですし」

「駄目だ」

「わたしは交渉役を引き受けたのです。何もしないますますごすごと戻るわけにはまいりません。旦那さまも一度は許可をなさったのですから、行かせてくださいませ」

「敵の中に一人で飛び込むなどさせるわけにはいかぬ。殺されるぞ」

「そうしたら、海賊団を攻め滅ぼす大義名分ができるではないですか」

「空良っ！」

恐ろしい声を出し、高虎が空良を叱る。

「行かせてください。行かねばならないのです。試されているのですよ。応じなければ臆したと思われ、攻撃をすれば騙したと言われてしまいます」

交渉を持ちかけておいて、その場に行かなかったとなれば、言い訳ができない。峨朗丸に悪意を以て吹聴され、他領地にも侮られることになる。

呼び出し状は高虎の名で届けられたのだ。このままでは高虎の信用まで損なってしまう。

『三雲の鬼神』は嫁大事さに、交渉役を放棄したと。

そのようなことには絶対にさせない。

「きっと無事に戻ってきますから」

揺るがない瞳で行かせてくれと繰り返す空良に、高虎はきつく目を瞑り、それから大きく一つ、溜め息を吐いた。

「……一刻だ。一刻以内に必ず帰ってこい。それ以上は待たぬ」

空良の強い意志に負け、高虎がとうとう折れた。そして小舟で待つザビさんに向けて声を上げる。

「一刻だけ待とう。それまでに必ず帰せ。さもなくば直ちに攻撃する」

恐ろしいほどの威圧を放ち、高虎がザビさんに約束させる。

「分かったヨー」

それなのに戻ってくるのは気の抜けたような返事だ。

「せめて供を付けさせろ」

高虎の要請に、ザビさんが一瞬考えた後、一人ならと言った。小舟に大人数で乗ることができないのは仕方がない。ザビさんの返事にすかさず魁傑が前に出る。

峨朗丸からの返状には、高虎はいらないと書いてあったので、空良と行くことはできなかった。なによりも、敵の本拠地に、護衛も付けずに日向埼の領主を出すわけにはいかない。

魁傑を伴い小舟に移ろうとすると、ザビさんが刀を置いていくように言った。

「これは武士の魂でござる。一時も手放すことはできませぬ。ご容赦いただきたい」

「セッシャ、武士ではないから分からないネ。危ないものは駄目デス」

「ぐぬぅ……」

苦い顔をした魁傑がザビさんを睨みつけていると、スッと、桂木が前に出た。

「それなら私めを供に連れていってくださいませ」

「桂木殿、でしゃばるな！」

「あなたのように殺気まみれの者を連れていては、空良殿が却って危ないと存じます」

桂木はそう言うと、脇に刺してある刀を外し、ザビさんに見えるように側にいる者に渡した。いきり立つ魁傑を制し、高虎に「どうか」と頭を下げる。

「この場では、私が最も適任でございましょう」

静かな眼差しは揺るぎなく、落ち着いた風情でいながら、底冷えのするような冷気を放つ桂木を眺め、この男の本来の仕事というものを、理解したような気がした。

たぶん桂木は、暗部と呼ばれる裏の仕事を担う人なのだ。帯刀しなくとも、分からない場所に武器を仕込んでいるのだろう。もしかしたら毒物も携帯しているのかもしれない。いざというときのために。

「分かった。桂木、お前が行け」

高虎の一声で決まった。

「空良に何かあれば命はないものと思え」

「空良殿に何かあるとするならば、その時点で私は既に生きてはおりませんので、どうかご安心を」

安心していいものかどうかという言葉を口にする桂木に、思わず笑う。そんな空良を見た桂木が、「真に肝の据わった奥方で」と、いつもの楽しそうな、少し呆れたような、曖昧な笑みを浮かべるのだった。


ザビさんの船頭で、小舟が島に向かって走り出した。

外から見たときよりも、かなりの速さだ。潮の流れが複雑で、なるほど舵取りは難しそうだ。伏見の話では、海底にも障害物が多くあるのだと言っていた。そんな海の上を、ザビさんは危なげない櫂捌きで進んでいく。みるみる島が近づいてくる。

「お上手ですね」

押し寄せてくる波を器用に捌きながら船を漕ぐザビさんにそう言うと、ザビさんが一瞬目を見開き、そのあと笑顔になった。

よく見れば、瞳の色が青い。海賊というのが信じられないような、繊細で綺麗な顔つきをしていると思った。

やがて、大小あるうちの一番大きな島に辿り着いた。砂浜にはいくつもの桟橋が作られており、空良たちが乗ってきたものと変わらない大きさの船が数隻繋がれていた。大きな船が見当たらないので、ここととは離れた海岸か、或いは別の島に置いてあるのだろう。

船から降り、ザビさんに案内されて島の奥へと進んでいく。砂が柔らかくて少し歩きにくい。菊に似た白い花が這(は)うように咲いていた。

浜から少し行った先の小高い丘に、木の柵をめぐらせた砦(とりで)があった。あそこに峨朗丸がいるのだろう。

砦の手前に畑があるのに驚いた。ネギやからし菜などが植わっているのが見える。けっこうな広さがあり、砦のある丘の裏側にまで広がっているようだ。そこで立ち働いている人は、多くが女人だった。働きぶりや顔つきを見るに、捕虜とは思えない。子どもの姿もあった。

「……家族で暮らしている方もいるのですか」

驚きを以て空良が言うと、ザビさんは一瞬意味が分からないというように首を傾げ、それから畑にいる人たちに視線を向け、「ああ」と言った。

「たくさんいるよ?」

「もともとこの島に住んでいた方でしょうか」

「そういうのもいるネ。流れてきたひともいる。ザビさんみたいに」

「え?」

空良が顔を上げると、ザビさんは笑って砦の入り口を指さした。見張りなのだろう、幾人か立っている中に、ザビさんと同じ異国人の姿がある。

「ナンパして、拾われた。ここに連れてこられて、そのまま住んでいる」

ザビさんが彼らに向かって手を上げると、向こうも同じように手を上げ、「ザンビーノ」と言った。異国の言葉なので、意味は分からない。

「なまえ、ネ。ザビさんの」

「名前ですか？　ザビさんではないのですか？」

「ザンビーノだから、ザビさんね。ザンビーノ・バルディウス」

自分を指さし、本名を名乗ったザンビーノがニッコリ笑った。

「ざんびぃの、ばるでうす、さん、ですか。……長くて難しいですね」

「ザビさんでいいヨ。みんなそう呼ぶ」

「分かりました。ザビさんのほうが呼びやすいです。長いほうのお名前は、帰る頃には忘れていそうだと思ったので、よかったです」

そう言って笑う空良に、ザンビーノが青い目を僅かに見張った。瞳の色が珍しくて、つい見入ってしまうが、すぐに失礼だと思い、空良は畑に視線を移した。

「あの畑、土が良いですね。風も強くないし、作物がよく育ちそうです。……あの葉はなんでしょうか？　見たことがありません」

畑の一角を指さし、ザンビーノに尋ねると、「イモ」という答えが返ってきた。

「芋？　里芋とは違うし、長芋でもないような……」

「ザビさんの船にあったネ。一緒に流れてきた」

どうやらあれは異国の作物らしい。ザンビーノは異国から船でやってきて遭難し、海賊団に助けられたのだろう。他にいる異国人も同じ船に乗っていた仲間なのか、それともこの辺りはそういった船がよく通る海域なのか。

「あちらの異人さん方もザビさんと一緒の船に乗っていたのですか？」

「そう。ザビさんは船長さんだったよ。船がバラバラになって、何日も流された」

ザンビーノが両手を上げながら大袈裟に肩を竦めてみせる。悲惨な体験をしたというのに、あまりそう思っていないような、おどけた仕草だ。

「それは難儀なことでした。助かってよかったです」

人と一緒に積み荷も流れ着いたのかと納得し、異国の野菜を是非見てみたいとお願いする。ザンビーノは気軽に承諾し、土の中にある芋を掘り出してくれた。拳ほどの大きさの、石のような芋を手に取って、じっくりと眺める。他には何が植わっているのか興味が湧き、ザンビーノに畑を案内してもらった。

いろいろ説明をしてもらいながら畑の中を歩いている後ろで、桂木が「もう打ち解けていらっしゃる」と、不可解そうな声で呟いている。

「あまり悠長にしている暇はないようですが」

「あ、そうでした。交渉に来たのでした」

見たことのない作物につい夢中になり、目的を忘れてしまっていた。

ザンビーノののんびりとした雰囲気と、海賊団の拠点にしてはしっかりと生活感のある風情に、なんとなく力が抜け、緊張が解けてしまったようだ。

気を取り直して砦に向かおうと足を向けたところで、砦のほうからこちらを呼ぶ声がした。いつまで経ってもやってこないことに業を煮やしたらしい。

「遅いぞ。何してんだよ。ドンがご立腹だぞ」

男の声に聞き覚えがあり、空良はその姿を凝視した。海賊には似つかわしくない華奢(きゃしゃ)な体つきをした男がこちらを見ている。

その顔を確かめ、やはりと思う。……菊七だった。

声を掛けたり、動揺したりしてはいけないと思い、空良はグッと口を閉じる。菊七も素知らぬ振りをしているのだから、それで正解だろう。

ここで何をしているのか、いつからいたのか、聞きたいことはたくさんあるが、我慢して砦に立つ菊七に向かい歩いていく。

恐らくは魁傑から頼まれ、ここに潜伏していたのだろう。それにしても随分馴染(なじ)んでいる。砦の入り口に立つ見張り番と気安く話している様子に感心した。伏見から書状が届いたのが二月程前だから、それからすぐに動いたのではないかと予測した。

砦までやってくると、菊七が顎でついてこいと合図をし、そのあとに続く。ぐるりと囲まれた柵の中に建物があり、そこにも二人の見張り番が立っていた。小屋と呼ぶには規模が大きく、屋敷と呼ぶには造りが簡素なここが、峨朗丸率いる海賊団の本拠地のようだ。

砦の上から振り返ると、先ほど空良たちが接岸した桟橋が見えた。その先には海が広がっている。

無言で中へと招かれ、空良は足を踏み入れた。菊七の案内はここまでのようで、空良たちを見送ると、踵（きびす）を返し畑のほうへと走っていった。それからは先ほどと同じように、ザンビーノに連れられて先へと進んでいく。

建物の中はそれほど複雑な造りをしておらず、土足のまま進むと、すぐに広間のような場所に出た。部屋の奥に男が一人座っていた。

板間はなく、蓙（ござ）が敷いてある上に獣の毛皮が広げられ、その上にどっかりと胡坐をかいた大男がいた。

黒々とした髪は長く、量も多い。それを無造作に後ろで結わえていて、ほどけた髪が頬に下りている。首が太く、肩幅も広かった。目も口も、すべての造作が大きくはっきりしている。端整だが、伏見に負けず劣らずの眼光の鋭さを持っていた。

肩の上に群青色（ぐんじょういろ）の上衣を、袖を通さず羽織っていて、下は鼠色（ねずみいろ）の着流し姿だ。胡坐をかいているので、太腿までが露わになっているが、まったく気にしていないようだ。

野性味の強い、まさしく海賊の頭領と呼ぶべき、峨朗丸の姿だ。

「お前が噂の鬼神の嫁か」

腹に響くような重低音が聞こえ、空良はその場で口上を述べる。

「日向埼の領主、三雲高虎が妻、空良と申します。以後お見知りおきを」

声が上ずらないように、決してへりくだらないように、空良は腹に力を入れ、武人としての挨拶をした。

峨朗丸は自ら名乗ることなく、僅かに身を乗り出しながら、顎に手を置いた。

「聞いてた話とだいぶ違うじゃねえか。もっと女人に近いようなしなっとしたのを期待していたんだが。菊七の奴。適当なことを言いやがって」

大きな手で顎を擦りながら、文句を言っている。

「まあしかし、別嬪には違いない。……へえ、あんたがねえ。ああ、分かるような気がする」

空良から目を離さないまま、独り言のようにそう言って、峨朗丸が側にいた者に酒の支度を命じる。

「まあ、ゆっくりしていけよ。名君の嫁に酌をしてもらうなんざ、滅多に経験できねえことだからよ」

そう言ってここに来いと、峨朗丸が自分の座している獣の皮を叩く。

峨朗丸が交渉の場に空良を指名してきた理由を理解した。そしてそんな気にさせた張本人は菊七だ。余計なことを、とも思ったが、峨朗丸が菊七の話を聞き、空良に興味を示したから、交渉に応じる気になったのかと思い直した。

高虎の代わりに空良一人がやってきたことは、菊七にとって誤算なのか、それとも思惑通りなのか、今の段階では分からない。けれどどういう形であれ、こうして峨朗丸との交渉の場を設けられた裏には、菊七の働きがあったに違いない。

「この度は、宇垣群島付近の航路の利用について、交渉の場を設けてくださり、感謝します。つきましては、岩浪の領地の船が滞りなくこの辺りを通れるように、協力を得たいのです。条件などをお聞かせ願えればと思いますが」

「ああ、その話をする気はない。通行はさせねえし、協力なんざしねえよ」

とりつく島のない峨朗丸の返答に、空良は軽く目を見張った。

「三雲の鬼神の嫁が来ているというから、その顔を拝みたかっただけだ。お前さん、相当有名なんだってな。男嫁として嫁いで、堂々と祝言まで挙げたっていうじゃねえか。鬼神が惚れ抜いているんだって？　どんな手管を使ったんだ？　試してみてえもんだ」

迫力があり過ぎるせいか、声の質がいいからなのか、下卑た話題を投げられても、不思議と下品に聞こえない。

手下の者が酒を運んできた。この辺りで捕れたのだろう、炙（あぶ）った魚も付いている。

「お前も飲め。遠慮はいらねえ」

「交渉のために参ったのです。何も決まらないまま歓待を受けるわけにはまいりません」

「話は終わっただろ？　今までと変わらない。岩浪の船は一隻たりとも通さない」

「岩浪と手を組めば、そちらにも多大な利益が生じるかと存じますが。岩浪は大領地であり、積み荷の量も……」

「んなもん関係ねえんだよ。気に入らねえから使わせねえ。それだけだ」

「先の戦においての私怨のためでしょうか」

峨朗丸がギロリと睨んだ。鋭い眼差しにすくみ上がりそうになるが、負けていられない。

「己のささやかな私怨のために、海賊団の皆を見殺しにするということでしょうか」

「……なんだと？」

峨朗丸の声音が変わり、空良のすぐ後ろに控える桂木が、それに反応したように僅かに身じろぐ気配がする。

「この二年の間、あらゆる嫌がらせを受けながらも、そちらの好きにさせていたのは、ひとえに伏見さまの温情です」

峨朗丸の率いる海賊団は、百五十から二百と聞いた。畑の様子を見れば、島に住んでいる人の数は、きっとそれよりも多いだろう。

仮にそれらのすべてが集結し、伏見軍に挑んだとして、あの水軍には到底敵（かな）わない。峨朗丸がどれほど統率力に長け、強さを誇っているとしても、太刀打ちできるようなものではない。規模が違い過ぎるのだ。

これまで好きにさせていたのは、岩浪以外の領地とは上手くいっているからというのもあるだろう。だが一番の理由は別だ。たかが私怨一つのために、この大集団を滅するのは忍びないと思えばこそ、今まで待っていたのだ。

「聞き捨てならねえな」

「事実でしょう」

「仲間を見殺しにするだと？　そりゃあっちのことだろう。俺はあんな卑怯者とは違う」

「ですが、このままでは島ごと滅ぼされますよ。私怨も残らぬほど徹底的に」

空良の言葉に、周りがざわりと狼狽える。峨朗丸だけが身じろぎもせずに、鋭い眼光のまま空良を見据えていた。

「どちらが卑怯者なのでしょう」

「当然あっちだ」

「昔のことを取り沙汰して、いつまでもネチネチと小さい嫌がらせを繰り返すのは、卑怯ではないのですか？」

「……あぁ？」

峨朗丸の纏う空気がブワリと膨らんだ。眼光がますます鋭くなり、空良を威嚇してくるが、

それだけだ。

「勝つために策を講じるのに、卑怯もなにもないでしょう」

「兵を捨て駒にして、自分だけが逃げ延びることがか？　仲間を犠牲にしても、自分だけは生き残りたいってのが、武将っていうもんなのか。たいしたもんだな」

苦い物を飲むような顔で伏見を非難する峨朗丸を眺め、ああ、この人は武人とはまったく考えが違うのだと、空良は改めて納得した。

「伏見さまが守ったのは自分の命ではありません」

仲間を守り、家族を守り、己を守る。人として当たり前のことを、峨朗丸は言っている。けれど国を守ろうとする大将の考え方は違う。

「武将は、武略そのものであり、人ではないのです。そこに感情があってはなりません。卑怯者と誹（そし）られようと、裏切り者と恨まれようと、ひたすら勝利のための武略に徹するのが武将というものです」

「負けたじゃねえか」

「伏見さまは負けていないとおっしゃいます」

現に伏見は生きていて、領地も失わず、未だ大将のまま、あの大領地に君臨している。十数年前の戦で苦戦したことを糧に、更に軍を強化させた。

「……外の畑は、とてもいい畑ですね。土は肥沃で風も穏やかです。暮らしやすい島だと思います。それが焦土と化すのは、わたしも惜しく感じます」

「させねえよ」

「望まなくてもそうなりますよ。ですから譲歩しませんか？　今なら好条件で交渉ができるのですよ」

「絶対しねえ」

「残念です」

相容れないのは仕方がないが、頭から向こうが間違っていると決めつけて、理解をしようともしない峨朗丸に、空良は落胆した。

「攻めてくるっていうなら、こっちも対抗するぜ。ああ、あんたを人質にとって、立てこもるってのもいいか。なにしろ鬼神の最愛の嫁なんだろう。泣いて返してくれって言ってくるんじゃねえか？」

意地の悪い笑みを浮かべ、峨朗丸が言う。

「人質にとるならどうぞ」

恐ろしいとは思わなかった。監禁なら経験済みだ。背中を斬（き）られ、瀕死になったこともある。そもそも最初の嫁入りは、殺されることが前提の、身代わりの婚姻だったのだ。

「鬼神に土下座をさせてやる。見物だな。あんたの命と海賊団の自由と引き換えだ」

ギラついた目で睨まれて、空良は首を横に振った。

「そんなものは対価に値しません」

「自分の命を『そんなもの』と言うか」

「当たり前です。先の戦でのあなたと同じ程度ですよ、わたしの命など」

いつでも命を捨てる覚悟で高虎の側にいるのだ。この場に赴くのにその覚悟なくして、どうして来られると思うのか。そちらこそ、たかが私怨のために大事を起こす覚悟があるのなら、受けて立とうと、目の前で無駄に威圧を放っている大男を睨み返す。

「わたしも覚悟を決めますので、そちらさまもお覚悟をお決めください」

虚勢と思ったのか、峨朗丸が口端を引き上げたまま空良を見る。

「覚悟なんざとっくに決めているさ」

「……ならばよいのです。わたしを人質にとった場合、戦況は悲惨を極めるでしょうから。全滅です。酷いことになりますよ」

脅しではない真剣な言葉だったが、それを聞いた峨朗丸が、ふざけたように太い眉を片方だけ上げてみせた。

「全滅ったってなあ、この島には容易に近づけねえんだぞ？　どうやって全滅させるんだ。こっちだってそう簡単にはやられねえよ」

そのとき、外から人が飛び込んできた。

「水軍が！　水軍が攻めてきた！」

あまりの時機の良さに、その場にいた全員が唖然とする。峨朗丸が「はあ？」と素っ頓狂な声を上げ、空良もポカンと口を開けた。

「沖にでかいのがじ、十隻以上も！　それだけじゃねえ、他にもいっぱい……っ」

「慌てるな。でかい船は島に近づけないのを知ってんだろうが。小型だって船底削ってそのうち速度が落ちる。一隻、二隻が辿りつこうが痛手になりゃしねえ」

攻めてきたところで高が知れていると歯牙にも掛けない峨朗丸だが、報告をしにきた男は苦しそうに息を吐きながら、ブルブルと首を振る。

「それが、関船が束になって、凄い勢いでこっちへやってきてるんでさあ。多少の座礁なんざものともしねえで次々と近づいてきている。今にも浜に着きそうだ」

男の声に、その場にいた者たちが忽ち慌て始める。「なんでだよ」「近づけるはずがない」と、信じられないという顔をしている。

「でかい船はまだ沖にいるが、それもちょっとずつ近づいている。島の裏に回られたらどうすんだ？　あっちにある大船を取られたら……」

「黙れ！」

空良たちの存在を忘れた男が不用意に大船の在処を暴露した。峨朗丸がそれを遮り、大きく舌打ちする。

島には容易に近づけるはずがないと、自信を持っていたのだろう。それが呆気なく覆され、つい今し方空良が「全滅する」と語ったこともあり、砦にいる者は恐慌状態だ。

「てめえら落ち着け！　まずは詳しい船の数と規模を確認しろ。浜に二十人行って、そのまま扇動しとけ。他は大船を出せるように準備させろ。なに、敵は大船の在処を知らねえんだ。時間はある。女子どもはここに連れてきて待機だ。行け！」

峨朗丸の怒号に、飛び上がるようにして皆が動き始める。

「こいつらを縛っておけ」

峨朗丸に命じられた男が、空良を捕らえようと近づいてきた。抵抗をしていないのに、持っていた棒切れを振り上げ、殴りかかってこようとする。咄嗟に腕を上げて防ごうとした空良の前に、スッと桂木の身体が割り込んできた。空良を押して遠ざけると共に、男の腕を静かに払う。一切の無駄のない、流れるような所作だった。

「乱暴はいけませんな。抵抗はいたしませんので、穏便に願いたい。空良殿に何かあれば、私の命が危うくなるのです」

血走った目をしていた男が、桂木の飄々とした態度に、我に返ったような顔になる。縄を出してくるのに、ここで抵抗をしても怪我をするだけだと思い、空良と桂木は大人しく身を差し出した。

縛られた状態で、峨朗丸に「来い」と言われ、彼のあとを追っていく。大股で前を行く峨朗丸が、こちらを振り返らないまま「てめえの手引きか」と言った。

「端から攻撃するつもりだったんだな。くそ、騙された」

忌々しそうな声に、空良は慌てて首を横に振った。まさかこれほど早急に伏見軍が攻めてくるとは思っていなかった。しかし桂木が次に言った言葉にハッとする。

「そろそろ殿とのお約束の時刻が過ぎますれば、この展開は必定かと」

「……あ」

ザンビーノが船で迎えにきたときに、確かに高虎は一刻だけ待つと言っていた。

「え、でもまだそんなに経っていないのでは？」

「畑にだいぶ滞在しておりましたからな。もう過ぎる頃でしょう」

だから言ったのに、と桂木は空良をチラリと睨み、それから小さく溜め息を吐いた。


峨朗丸と共に外へ出る。

砦から見える海には、浜に迫ろうとする五隻の関船と、七隻の小早船の姿があった。その後ろには十隻以上の大小の安宅船、そしてはるか後方からも、こちらに向かってくる船影がある。

浜に集まった男衆が、迫りくる船団を眺めていた。手に銛を持ったまま、なすすべもなく呆然と立ち尽くしている。畑にいた人々が男たちに先導され、砦に走ってくるのが見えた。

「旦那さま……」

空良がここに来るときには安宅船にいた高虎が、今は関船の上にいた。船首に立ち、こちらに向けて弓を構えている。その隣には矢を掲げた魁傑が、逆隣には佐竹が紙を手に、なにやら指示を出していた。

後方にいた安宅船の一部が、浜とは別の方角へ動きだした。島の裏にあるという大船を狙ったものと思われる。

「……どうやって情報を手に入れた？」

峨朗丸が舌打ちをする。そのすぐ横に立たされたまま、空良は船を凝視して、菊七の姿を探した。流石に隠れているようで、見つからない。佐竹の手にしているのは、恐らくこの辺りの海図だろう。空良が砦に入るのと入れ違いに、あちらに情報を届けたのだと合点した。

「空良――っ」

船の上から高虎が矢を放つ。

百丈以上はあろう距離を軽々と越え、桟橋にある小舟の一艘に突き刺さった。こちらまで音が聞こえるような矢の勢いである。

次々と放たれた矢がだんだん近づいてくる。浜にいる男たちが少しずつ後ずさりを始めた。

高虎は一時も手を休めず、矢を放ちながら空良の名を叫んでいる。雷のような怒号が砦まで届いた。

「なんだありゃあ……化け物か」

船首に仁王立ちする高虎は、ここからでも分かるほどの、凄まじい殺気を放っている。戦で実際に刀を振るう姿を見たことはなかったが、高虎が鬼神と呼ばれる所以（ゆえん）を今、空良ははっきりと目にしていた。

「あれは敵わないネ。どうするの？　ドン」

案内役をしたままずっと一緒にいたザンビーノが場にそぐわない軽い声を出す。

「降参しましょう、ドン。恐ろしいねぇ」

「できるか！　おい、野郎ども」

「お待ちください！　迎え撃ってはなりません」

峨朗丸が周りに命令をしようとするのを遮って、空良が大声を上げる。

「あれは、こちら側の勇み足ですから、今ならなんとかなります。わたしが時刻を違えたと言えば、すぐさま攻撃は止（や）みましょう。話せば分かる方ですから」

峨朗丸側からも攻撃をしてしまえば、完全に戦に発展してしまう。

「縄を解いてください。私が仲裁に入ります」

「頭（カシラ）、どうするんで……？」

空良を縛った男が、峨朗丸の決断を待ち、顔色を窺っている。戦闘力のない島の女人たちも砦に続々と集まってきた。突然の船団の襲来に、皆驚き、恐怖した顔をしていた。

「……くそっ」

前方を睨んでいた峨朗丸が、縛られたままの空良の腕を摑み、「来い」と引っ張った。

「仕掛けてきたのは向こうだ。こうなったら最後まで抵抗してやる。野郎ども、船を出せ！」

山のような身体から放たれる大音声が、不穏な空気を吹き飛ばす。

「思い通りになると思うなよ。こうなりゃ海賊の意地を見せてやるまでだ。みんな、俺についてこい！」

燃え立つような闘気を発し、峨朗丸が叫ぶ。男衆が「おう！」と拳を振り上げた。さっきまでオロオロするばかりだった男衆の目に光が宿り、「やってやる」「死んでも屈しねえ」と、それぞれの武器を持ち、砦を駆け下りていく。

こうして人々を鼓舞し、心を纏め、導いてきたのだろう。この男の背中についていけば、さぞ頼もしかろうと、空良は峨朗丸の巨体を見上げた。

「それでいいのですか？」

けれど、今は間違っている。彼が先導する先には無用の死しかない。そんなところへ皆を連れて行こうというのか。

ギラギラとした目が空良を見据え、峨朗丸がゆっくりと笑った。

「てめえを奴の前で殺す。せめてもの意趣返しだ」

「そんなくだらないことのために、皆を犠牲にするのですか」

「うるせえ」

「他に道があるのに、わざわざ破滅の道を選ぶのですか。海賊の意地と言いますが、あなた一人の意地でしょう。そんなもののために、ここにいる全員が命を落とすのですよ」

「しょうがねえだろ！　先に攻めてきたのはお前らだ」

「ですから今なら止められると申し上げているのです。自分のちっぽけな意地と、皆の命と、どちらが大事か、よくお考えなさいっ」

　空良の怒声に峨朗丸が瞠目する。周りの男たちも足を止め、驚いたように振り返った。

「伏見さまを許せないのも、恨んでいるのも、嫌がらせをしているのも、歩み寄りに応じないのも、すべてあなたの独り決めでしかありません。それに付き合わされるのが、どれだけ迷惑なのか分かりませんか」

　この砦は城であり、この島は彼らの領地だ。ならば峨朗丸はここの領主であり、彼らを守らなければならない立場なのだ。

「守ることもせず、ただかき回し、危機に追い込んだ挙句にやけっぱちになって皆に死ねと命令するぐらいなら、あなた一人が死ねばいいのです」

「おい、大概にしろよ！」

「言わせておけばいい気になりやがって」

　空良の辛辣な言葉に、いきり立ったのは峨朗丸ではなく、彼の手下たちだった。

敵を迎え撃つために握った武器を、空良のほうに向けてくる。

「頭がやれって言えば、俺らはやるんだよ！　こちとら頭に命を預けてんだ！」

「頭がどんだけ俺らのことを思ってくれてるか、おめえは知らねえだろ。分かったような口をきくんじゃねえ」

「グダグダ言うならてめえが死ねや！」

唾を飛ばしながら叫んだ一人が、持っていた銛を空良めがけて突き付けてきた。桂木が空良を庇（かば）おうと目の前に飛び出す。

「勝手なことをすんじゃねえ」

だが、男の突き出した銛は、桂木にも空良にも届かず、峨朗丸によって阻まれた。銛の柄を掴み、ブン、と振ると、持ち主ごと吹っ飛んでいく。

「てめえも煽（あお）ってんじゃねえよ」

「……驚きました」

「なら初めから言うなや。血の気の多い奴らばかりなんだからよ」

「いえ。助けてもらえるとは思わなかったので」

食って掛かってくる男たちを見て、言い過ぎたかと一瞬思ったが、言わなければ伝わらないと、空良も無我夢中だったのだ。けれど、まさか峨朗丸が庇ってくれるとは思わなかった。

「そりゃ、あんたは大事な人質だからな」

そう言って頬をかく峨朗丸からは、先ほどまでの立ち上るような怒気が消え失(う)せていた。

「まだ戦う気ですか？　なんのために？」

「なんのために、か……」

峨朗丸が周りにいる者たちに視線を巡らせる。

峨朗丸を責める空良に激昂した人たち。峨朗丸はこの者たちに慕われ、信頼されている。

峨朗丸もそのことに改めて気づき、今何を一番にするべきかを考えているようだ。

「それで、……あんたが仲裁に入れば、この……っ、うぉっ、と！」

ヒュン、という音のすぐあとに、ズドッ！　という衝撃がくる。咄嗟に飛び退(すさ)った峨朗丸がいた場所に、槍(やり)が突き刺さった。

「空良――っ！」

見ると、砦のすぐ下に高虎が立っていた。

「そこの下郎！　直ちに空良から離れろっ！　次は外さんぞ」

隣に立つ魁傑が槍を手渡し、高虎が峨朗丸を再び狙い、振りかぶった。

「旦那さま！　お待ちください」

「空良！　今助ける。貴様が峨朗丸か。その腹に風穴をあけてやる。覚悟しろ！」

「誤解なのです！　槍をお納めください。まずは話を聞いてください」

峨朗丸に槍が当たっては大変なので、前に出て庇う素振りをしたら、高虎がますます激昂した。

「そのような者を何故庇うのだっ！　……おのれ海賊め！　八つ裂きにしてくれる」

「旦那さま、旦那さま！　聞いてくださいませ！　無事ですから。空良はなんともありませんから！」

「高虎殿、これはちと様子が異なります。一旦話を聞いてみては」

「離れるのだ！　空良っ！　ええい魁傑、邪魔だてするなっ！」

「佐竹、手伝え！　高虎殿をお止めするのだ」

「空良っ！　空良――っ」

魁傑が説得を試みようが、佐竹が腰に抱きつこうが、高虎は止まらず、鬼の形相で峨朗丸を狙い、槍を振り回している。

「……なあ、話せば分かる人なんじゃねえのかよ」

高虎の剣幕に恐れを抱かないのは流石だが、峨朗丸が何故か呆れた顔で空良を見る。

「武将は感情があっちゃならねえんだろ？　あれはなんだ？　どう見ても感情的になってるじゃねえか」

先ほど、武将の在り方についてあれほど熱弁をふるったのに、目の前で暴れている名将と呼ばれる男の有様に、空良は小さくなるしかない。

「違うのです。普段であれば、もっと思慮深く……」

「まるで説得力がねえな！」

空良が言い訳をする間にも、高虎が佐竹を引きずったままこちらに突進しようとしている。

「わたしに関することになると、少し……箍が外れるようで」

「お前、この状況で自慢かよ」

自慢ではなく、真実を伝えただけなのだが、峨朗丸が呆気に取られた顔で空良を眺める。

「通常の武将の器には収まりきらない方なのです。誰よりも強いのは分かるでしょう？」

「ああ、あれを見れば、な。化け物級だ」

「そうなのです」

素晴らしいお方でしょうと、峨朗丸に向けて微笑むと、峨朗丸が突然爆発したような笑い声を上げた。

「貴様！　何を笑っている！　殺すぞ」

「旦那さま……！」

トン、と背中を押され、つんのめるようにして一歩出る。振り返ると峨朗丸が笑ったまま、「行けよ」と言った。

「行って、あれをなんとかしてこい。このままだとあの男一人に島を滅茶苦茶にされちまう」

あんたにしかできねえんだろ？　と言われ、空良も笑って頷く。

「とにかく冷静になってもらわねえと話もできねえから。今後の岩浪との取引のこととかよ」

その言葉に驚いて峨朗丸を見上げると、峨朗丸は不機嫌な顔を作り、「しょうがねえだろ」と言った。

「俺のくだらない意地のために、大事な仲間を失いたくねえからよ」

そう言って峨朗丸が早く行けと、再び空良の背中を押す。

「それではもう縛(いましめ)は解いてもようございますね」

桂木の声が聞こえたと同時に、空良を縛っていた縄がパラリと解けた。桂木を見れば、彼も既に自由になっている。

そのまま高虎の元へ駆けだした。空良が飛び込んでいくと、高虎は握っていた槍を放り出して、空良を受け止める。

「無事だったか。怪我はないか？」

「なんともありません」

「交渉はやはり決裂したのだな。それで恐ろしい目に遭ったのか。可哀想(かわいそう)に。だが、俺が来たからには安心するといい。さあ、あとは任せろ」

「旦那さま、空良は恐ろしい目になど遭っていません」

「縛られていただろう。それだけで万死に値する」

「縛られたのは、突然水軍が襲ってきたため、あちらの身の保証を得るのにやむを得ずの処置でした。怪我もしていませんし、ほら、こうしてすぐに解いてもらいましたし」

縄を解いたのは桂木だが、わざわざ申告することでもない。

「しかし一刻を過ぎれば攻撃することは先に約束させた。それを向こうが破ったのだ」

「破ったのは空良なのです。芋に夢中になるあまり、約束を忘れ、無為に時を費やしてしまったせいなのです」

「芋だと？　空良、なんの話だ？」

「わたしの落ち度なのです。ですから無闇な攻撃は、どうかお控えください」

空良を腕の中に囲い込むようにしながら、高虎が漸く空良の話に耳を傾ける。

島に着いてからのこと、峨朗丸率いる海賊団は、空良たちが思っていたよりもずっと堅実な暮らしを営んでいること、解体させるのは惜しいということ、彼らを率いる峨朗丸は、この海賊団になくてはならない人物なこと、伏見に対する頑な気持ちが解れつつあることなどを、多少順番を入れ替えながら説明した。

「それから……菊七さんは無事にそちらに辿り着いているのですよね？」

声を潜めて空良が問うと、高虎も空良の耳元に唇を寄せて「ああ、ちゃんと保護している。心配ない」と答えてくれた。

「あれのお蔭で迅速に上陸できた」

「姿を見たときに驚きました。ここに潜入していることを言っておいてほしかったです」

「ああ、そうだな。悪かった。しかし、菊七の存在は不確定要素だったのでな、俺も魁傑も間際まで分からなかったのだ」

魁傑の独断で菊七を潜入させていたのだが、地理の関係上頻繁な連絡が取れず、こちらでの動きが把握できていなかった。菊七が確実に動かせると分かっていれば方法もあったが、分からないから作戦に加えられない。だいたい、空良一人が島に渡ることも想定していなかったので、作戦の立てようもなかったのだ。

「菊七が臨機応変に働いてくれたため、土壇場で助かった」

二人で話している間、峨朗丸は手下たちに迎撃の解除を命じ、代わりに酒や肴(さかな)などの準備をさせていた。砦に避難していた女人たちも、恐る恐る外に出てきている。こちらも峨朗丸に命ぜられ、畑から野菜を収穫し始める。

空良も畑仕事を手伝いたいと思ったが、交渉の仲介役という役目があったため、泣く泣く断念せざるを得なかった。なにしろ高虎が空良を片時も手放さずにいるのだから、いたしかたない。

そんな空良を見て、桂木が珍しくあからさまな溜め息を吐いたのを見てしまった。あまり感情を表に出さない人だと思っていたので、少し驚いた。

「いやはや……通常の神経ではあなた様のお側に仕えるのは務まりませんな」

呆れた声でそんなことを言う桂木に、魁傑が色めき立つ。

「空良殿ほど周りへの気配りをなさる方はおられませんぞ。無礼なことを申されるな」

「お言葉ですが、私は空良殿のお供にてこの島に上陸してから、少なくとも五度は、あ、これは死んだ、という危うい局面に晒されました。よく無事でいられたものです」

「なんだと？　やはりそれほど危ない目に遭っていたのか」

今度は高虎がいきなり立ち、空良の肩を抱きながら「どんな目に遭ったのだ？　正直に言え」と迫ってくる。

「わたしがきつい物言いをしてしまったことで、場が険悪になることがございましたけど、でも、危うい局面などせいぜい二度ほどですよ。すぐに桂木さまが庇ってくださいましたし。現実に怪我もありませんもの」

五度は大袈裟だと、笑って手を振る空良に、桂木が再び溜め息を吐いている。

「そうか。しかし、空良がそのようなきつい物言いをするなど、よほど向こうが無礼な振る舞いをしたのであろう」

高虎が空良を庇うように言うが、桂木が首を横に振る。

「いえ、どちらかというと、空良殿のほうから吹っ掛けていらっしゃいました」

「まさか、そのようなことは……」

すかさず否定する空良だが、ほんの少し心当たりがあるだけに、語尾が弱くなった。

「間違いなく空良殿のほうから吹っ掛けておりましたぞ。それに二度ではございません。少なくとも、五度はありました。どれほど肝を冷やしたことか」

「それは、ご心痛をおかけしました。ですが、桂木さまがいらしたお蔭で、わたしも心強くありましたから、あのような強気な態度ができたのですよ」

微笑みながらそう言うと、桂木が意外だというような顔をして空良を見た。さっきから感情がよく見える。それだけに、今まで平静を保とうと努力していたのだろうことが分かり、改めて感謝の気持ちが湧いた。

「とても心強い護衛でした。ここにいるあいだ、わたしは少しも恐怖を感じませんでしたもの。桂木さまのお蔭です。ありがとうございました」

高虎や魁傑が放つ猛々しい闘気とは違うが、桂木が纏っていた空気には、静かな覚悟がずっとあった。その覚悟に背後を守られていたから、空良は奔放に峨朗丸に対峙できたのだ。どれほど危険な目に遭わされようと、きっと自分は無事だったと確信が持てる。それほど確固たる決意に空良は護られていた。

「仕掛けは解除できているのでしょうか。もう危険はないですし、突然砦が爆ぜたり燃え上がったりしては困りますからね」

空良の言葉に、桂木は今度こそ驚愕の表情を浮かべた。それから小さく首を振り、「……いやはや」と言いながらゆっくりと笑顔になっていく。

「ここまで見事に見破られたのは初めてです。……初めから知っておいでで？」

「いえ。何も分かりません。あてずっぽうです。何か仕掛けたのではと思っただけです。当たっていました？」

　畑を見るあいだや、砦に入ってから屋敷に行く途中、峨朗丸と対話をしているときにも、背後にいる桂木が僅かに殺気立つのを感じていた。確認したわけではないので、何をしたのかまでは分からないが、縛られていた縄を、本人も気づかぬうちに解くような手管を持っているのだ。空良を安全に脱出させるような手立てを講じたのだろうと思った。

「真に天晴な御仁ですな。御見それいたしました」

　感心して頭を下げる桂木に空良が慌てていると、魁傑が「そうだろう」と、自分の手柄のように頷く。

「だから三国一の嫁様だと言っただろう」

　高虎もそれに乗っかり、満足げに空良の肩を抱き寄せる。

「その上この美貌じゃ。誰も敵うまい」

「旦那さま、今それはまったく関係ございません」

「関係なくないぞ。空良が立派な嫁様だという証拠になる。空良は何をしても、いや何もしなくとも天晴な嫁ごじゃ。存在自体が尊いのじゃ」

「よく分かりません」

「俺が分かっているからよい」

　相変わらず手放しの賛辞に苦笑するしかないが、先ほどまでの鬼のような怒気はすっかり鳴りを潜め、機嫌のいい夫の様子に、空良も笑顔になった。

やがて、場が整ったと、峨朗丸の手下が呼びにくる。沖にあった船も、佐竹らの誘導で、続々と上陸してきた。

空良の仲介で、改めて皆で顔を合わせ、岩浪の宇垣群島付近の通行許可についての交渉が行われた。

酒を飲みながらの会合の席には、岩浪の領主、伏見玄徳の姿もあった。

十数年振りの再会は、お互いに笑顔でというわけにはいかず、途中抜刀騒ぎが起き、そこに高虎が参戦してますます場が混乱する事態に陥ったりもしたが、空良の一喝により事なきを得、無事に終わることができたのだった。


月明かりが水面を照らし、まるで海の上に光の道が通っているようだ。

港から少し離れた海岸は、なだらかな砂浜とは違い、大小の岩が突出した荒々しい様相を呈している。昼間はひっきりなしに波が打ち付ける岩山の一角が、今は潮が引き、岩肌を剝きだしにしていた。そんな岩に囲まれた場所に、湯気を立てた水が溜まっている。

波に洗われ続けた岩は、つるりと滑らかで、怪我をする心配はなさそうだ。空良は高虎に手を引かれ、岩に囲まれた湯溜まりに、恐る恐る足をつけてみる。

「……あ。温かい。本当に温泉です。旦那さま」

空良よりも先に足を入れていた高虎が、「そうだろう？」と、にっこりと笑う。

「不思議なものじゃ。昼間はこんなところに風呂があるなど、思いもよらない場所なのだからな」

高虎が空良を伴い、ゆっくりと湯の中に腰を下ろす。湯帷子を着て、抱えられるようにして湯につかった空良は、その温かさに溜め息を吐き、それから辺りを見回した。

側には篝火が焚かれている。夫婦に気遣って人の姿は見えないが、恐らくは岩の影で待機しているのだろう。空良は彼らに聞かせるようにして、「素晴らしいですね」と、岩波の海辺にある温泉を賛美した。

「ここから見える景色の見事なこと……。まるで夢のようです」

海辺にできる天然の温泉は、月の満ち欠けが条件となり、こうして姿を現すのだという。

空良たちが滞在中に温泉につかれるかと気を揉んでいたが、願いは叶えられた。

隼瀬浦の山中にある温泉とは違い、葉擦れの音の代わりに、波の音が聞こえるのが不思議だと思った。

「少し……ピリピリとしますね。でもそれが気持ちいいです。肌が引き締まる感じで」

「ああ。山の天然湯とはまったく違うな」

湯帷子の上から空良の肌を撫でながら、高虎が言った。

「宇垣群島の海路も無事通れるようになり、伏見殿がたいそう喜んでいたぞ」

「ええ。何度も礼を言われました。これで一安心ですね。わたしもホッとしました」

「今回も空良が一番の功労者だな」

「いいえ。今回は菊七さんではないでしょうか。彼がいなかったら、交渉の場に持っていけたか分かりませんもの」

峨朗丸との会合を終え、岩波に戻ってから宴会がなされ、菊七も顔を出した。空良が予想していた通り、彼は伏見からの文を高虎が受け取った直後、要請を承諾するかどうかも分からぬうちに、宇垣群島へ旅立っていたようだ。

岩浪とは別の領地の商船に乗り込み、そのままあの島へ渡ることに成功した。あとは海賊たちの暮らしに溶け込みながら、海路や船の総数、人員などを調べ上げる作業に従事していたという。

峨朗丸に『三雲の鬼神』の嫁のことを吹聴して興味を持たせ、交渉に持っていかせることまでは成功したが、峨朗丸が空良一人を呼び出すとは、菊七も思っていなかったようだ。

「随分心配をしていた。一旦こちらに情報を渡したあとは、単身島に戻り、空良を脱出させると息巻いていた。それは菊七の仕事ではないからな、あのまま船に留まらせたが、なかなか言うことを聞かず、魁傑に怒鳴られていたぞ」

食って掛かる菊七にゲンコツを食らわす魁傑の様子を思い浮かべ、空良は微笑んだ。そうか、そんなに心配してくれたのかと、嬉しく思うが、礼を言ってもきっと辛辣な言葉が返ってくるのだろうなと思うと、また笑える。

「そうなのですね。菊七さんとも、もっとお話ししたかったです」

「ああ、しかし、長く留まるのは危険だからな」

宴席では久しぶりの再会に、たくさん話したいことがあった空良だったが、菊七は魁傑にこれまでのことを報告した後、ほんの短時間食事と酒を堪能し、気づかないうちに姿を消していた。

伏見たちはこれで交易が更に盛んになり、今後の侵攻の足掛かりも得た。そして高虎率いる日向埼は岩波に恩義を売ることができた。大領地で強力な水軍を持つ伏見の軍勢が、今後は高虎の後ろ盾となる。両国の関係はますます強固なものとなったのだ。

「しかし桂木の話を聞いて、俺は肝が冷えたぞ。もうあのような無謀なことはしないでくれ」

綻んでいた顔つきを引き締め、高虎が空良を叱る。結果的に事なきを得たものの、空良の物言いは相当危なかったと、桂木からも高虎からも、魁傑からもそう言われた。

「桂木の護衛も心強かっただろうが、峨朗丸の懐が深かったことに感謝するしかないな」

不本意だが、と高虎が口端を曲げながらそう言った。

「そうかもしれません。わたしも相手が峨朗丸さんだったから、あそこまで言えたのです」

虚を突かれたような表情を浮かべる高虎に向かい、空良はクク、と喉を鳴らし笑ってみせた。

「わたしだって人を見る目は育っているのですよ」

いくら桂木が頼もしい武人だったとしても、敵の本拠地での交渉だ。空良とてなんの勝算もなしにあのような物言いはしない。

一見粗暴な峨朗丸だが、その人となりはおおらかなのだろうと、話をしているうちに分かってきた。そうでなければ最初の二言、三言で空良は縛り上げられていただろう。伏見に関しては頑(かたく)なに心を閉じていた峨朗丸だが、空良には聞く耳を持っていた。

それに、力の強さだけでは海賊団の連中から、あれほどの信頼を得ることはできないと思うのだ。

「旦那さまのおっしゃる通り、懐の深い方だとすぐに分かりましたゆえ」

彼らは峨朗丸のことを心底慕っていた。恐怖で牛耳るでもなく、力を誇示するでもなく、峨朗丸は己の懐に彼らを引き入れ、保護していたのが分かった。島に畑を作り、普通の生活を営ませ、遭難して助けられた人は、強要されたわけでもなく、あの島に留まることを選んでいる。空良を交渉の場に呼んだことも、面白いものを見聞しようという心の柔らかさが見受けられた。

ただ一点足りなかったのは、彼らの生活を守ろうという覚悟だったのだと思う。

峨朗丸がどのような経緯で海賊になったのかは、空良には分からない。ただ、流れ者の果て、たまたまあの地に落ち着いたのではないかと思っている。あれだけの大所帯を作りながら、なくなったらまた何処かへ流れて行けばいいという、そんな投げやりな風情を感じた。

だから伏見の船だけを除外するなどという暴挙に出られたのだ。反対する者が出たら自分が出て行けばいい。そんな気軽な気持ちで反抗していたのだと思う。

けれど峨朗丸を囲む人たちは違っていた。彼を慕い、何処までも彼についていこうとする気概が感じられた。峨朗丸だけがそう思っていない。思わないようにしていたのかもしれないが。

大きな屋根の下には人が集まる。その屋根の土台がしっかりと地についておらず、グラグラと揺れていた。峨朗丸には覚悟を以て、堅強な屋台骨を築いてほしいと思う。

「たぶんこれから、あの海賊団はもっと大きくなるでしょう。今後が楽しみでもあり、恐ろしくもありますね」

強大な力は、味方であれば頼もしいが、敵に回れば脅威にもなる。

「せっかくご縁ができたのですから、是非とも引き入れたいものです」

日向埼は、これから海に出ようとしている。船を造り、人を育て、交易していこうというなか、今回の件は、高虎にとっても大きな足掛かりとなるのだ。伏見に恩を売り、その上で海賊団ともよい関係が築けたら、今後の日向埼の大きな飛躍に繋がる。

「そなたは本当に……」

日向埼の今後について真剣に考えていると、高虎の手が空良の袖口にスルリと入ってきた。

そうして溜め息交じりの声を上げる。

「俺にどこまで惚れさせるのだ」

「旦那さま？」

湯帷子の下にある腕を摑み、高虎が引き寄せる。チャプリと湯が波立つが、海のさざめきにかき消される。

「美しく気立てがいいだけでなく、これほどの英邁さを併せ持つ人物など、他におるまい」

また夫の嫁賛美が始まったと、空良は笑って高虎の力に従い、その胸に身体を預ける。

「本当だぞ？」

「はい。嬉しゅうございます」

「本当に本当なのだ。そのような完璧な人物が俺の嫁なのだぞ。これほど幸せなことがあろうか。なんということだ。俺は三国一の幸せ者じゃ」

叫びだしたい！　と叫んでいる高虎に笑ってしまう。

相変わらず大袈裟な褒め言葉だが、高虎がそう言うのならそうなのだろうと、空良は素直に受け取った。容貌については未だに自覚はないが、頑なに否定する気もない。高虎がそう思うならそうであり、幸せだと言ってくれるのなら、空良も幸せなのだ。

「……しかし、やはり面白くないな」

湯の中で、空良をかき抱きながら、高虎が唇を曲げる。

「お前があの男のことを褒めるのが面白くない」

「悋気（りんき）ですか？　心配することはないのですよ。だってわたしは旦那さましか……」

「分かっておる。分かっておるが、面白くないものは面白くないのじゃ」

空良が峨朗丸の人となりを見極め、峨朗丸はその通りの男だった。そうであったから交渉は上手（うま）くいった。それを理解しているが、それでも面白くないのだと、高虎が情けない顔をする。

「狭量な男で済まない」

「そこがお可愛らしく、大好きなところです」

自分から首を伸ばし、口づけをすると、下がりきった口角がふい、と上がる様がまた可愛らしい。

「そのような旦那さまを、空良だけが知っているのが嬉しいのですよ」

「そうか」

笑いながら見上げている空良の唇に、お返しが下りてきた。

「あ……ふ」

ちゅ、ちゅ、と水音が立つが、湯と波の音に紛れるので、気がそがれない。高虎の首に腕を回し、引き寄せながら自ら大きく口を開く。

「旦那さま……」

ひらひらと舌をひらめかせ、夫を誘う。寄せ合った身体を更に押し付け、高虎の腰を跨ぐようにして体重を預ける。

「今宵は随分と大胆なのだな。……とても嬉しいが」

自分の上に乗った空良の腰を抱き、高虎が不敵に笑っている。

「だって」

高揚しているのだと自分で分かる。

危機を乗り越え、大きな仕事をやってのけた。周りがそれを喜び、感謝してくれ、最愛の夫はそんな妻を自慢に思い、三国一の幸せ者だと言ってくれるのだ。

「ぁ……ん、旦那さま……、ぅ、ん」

波の音に吐息と嬌声を紛れ込ませ、夫に愛撫をねだる。

首筋を強く吸われ、空良もお返しをする。張りのある肌に、赤い花が散った。

「早う帰りたい」

日向埼の城に戻り、夫に抱かれたい。可愛がられ、思う存分喜びたい。

「俺もだ。……空良」

同じ想いだと、高虎が切ない視線を空良に向け、それからもう一度口づけをくれた。

岩浪での仕事を終え、日向埼に戻ってから早二月が経っていた。季節は秋をとうに過ぎ、冬真っ盛りである。

夏の暑さや秋の嵐に翻弄されがちな日向埼だが、そのぶん冬は穏やかだ。雪が降り積もる日もあるにはあるが、隼瀬浦のあの厳しさを思えば、まるで春ではないかと勘違いしそうなほど暖かく感じられた。

浜のほうでは、今日も船造りに人々が精を出している。港から少し離れた場所に造船所を造り、日向埼の領民に、岩浪からやってきた船職人がいろいろと教えてくれるのだ。

船造りと並行して、港の整備も行われている。日向埼の海は元々大きな湾があり、漁船の他にも築城の材料を運ぶ材木船などが停泊できる広さを持っていたため、大型船の船着き場がすでにある。

今回はそれに加え、更に大型の安宅船が複数停泊できるほどの大規模な港を造ろうとしているのだ。それに合わせて魚市場も場所をずらし、すべての拡張工事に従事していた。

冬の間は農作業ができない人々が作業に参加し、糧を得られることを喜んだ。噂を聞きつけ、仕事を求めて他国からも人が集まってきて、日向埼の人口がますます増えていく。

海側の責任者である孫次はあらゆる作業に忙しく顔を出し、精力的に働いていた。張り切る様子を見るのは頼もしいが、時々疲れた顔をしているときもあり、あまり根を詰めないように気遣うのも空良の役目だ。

商人も多く入り、町が活気づく。しかし人が増えれば軋轢も増す。魁傑や佐竹などがしょっちゅう町に繰り出し、自警団と連携を取って取り締まっているのが現状だ。

高虎に命じられた領地の自警団については、孫次から城下町を纏めている五郎左に引き継がれた。領主の後ろ盾を得たことにより、今や自警団の数は三百人を超え、濃紺の生地に白抜きの「高」の字を背中に背負った法被を羽織った若衆が、誇らしげに闊歩している姿が見受けられた。

領主を筆頭に、誰も彼もが忙しくしていた。空良も夫を支えつつ、彼の代わりに領地を駆け回っている。天候を読み、人々に声を掛け、労い、励まし、相談に乗る。人々は空良の顔を見れば駆け寄ってきて礼を言い、ときには問題点などを陳情し、そして捕れたての魚や干した野菜、漬物などを渡してきた。

忙しくも充実した日々である。

「空良サーン！」

造船所を視察しに馬を走らせていると、明るい声に呼び止められた。声のしたほうに顔を向けると、黄金色の髪をした男が大きく手を振っていた。

「ザビさん。ご苦労さまです」

峨朗丸のもとで、海賊業に従事していたザンビーノは、造船と船の操縦法の指南役として、日向埼に滞在していた。

伏見と峨朗丸が無事に協定関係となり、頻繁に連絡を取るようになったことで、日向埼の現状を知り、自ら志願してやってきたのだ。異国の船の船長をしていたザンビーノは、峨朗丸の知らない知識も持っていて、それにより海賊団は大きく躍進したという。伏見もザンビーノの知識を欲し、熱烈に勧誘したのだが、彼はそれを断り、どういうわけか日向埼にやってきた。

ザンビーノの他にも、幾人か海賊団の人の姿がある。群島の砦で番をしていた異国人もいた。異国船の船長だったザンビーノと同じで、彼も船には詳しいのだろう。

「空良サン、今日もおうつくしく。ザビさん感激デス」

「ありがとうございます」

「ザビさんとメオトしてください。お嫁サマになって」

「申し訳ありません。わたしにはもう夫がおりますので」

会うたびに交わされる会話である。

「ザビさん、またやってるよ。駄目駄目、諦めろ」

造船所で働く人々が、いつものやり取りに笑いながら囃したてる。

「領主様に首を刎ねられるぞ」

「オウ、それはいやデス。空良サン一緒に逃げましょう」

「やめてくれ。そんなことをしたら領主様がご乱心するから」

「ゴランシーン、どんな技ですか？」

周りに爆笑が起こり、ザンビーノが肩を叩かれている。

ザンビーノたちがやってきた当初は、初めて間近に見る異国人の姿に、腰が引けていた領民だったが、彼の持ち前の明るさと腕の確かさに、次第に打ち解けていった。今では肩を組んで酒を飲み交わすほどの仲となっているようだ。

「船の調子はどうですか？」

「順調デス」

そう言って造船所を振り返るザンビーノにつられ、空良もそちらに視線を移した。

そこには積み上げられた材木があり、別の場所でそれらの材木を打ちつけている光景が見える。船の形どころか、骨組みさえもない状態だが、それが普通らしい。家などを建てる際、まずは土台を組むものだが、船は船台という、船を乗せるための台を築く。船本体に着手するのはまだまだずっと先になるのだという。

安宅船一艘を造るのには年単位での作業が必要だ。長い目で見ていかなければならないのだと、ザンビーノが朗らかな声でそう言った。

「植林と同じですね」

風よけのために浜辺に植えた松の木も同じ、年単位での作業が必要だった。木を植え、囲み、守りながら育てていく。あれらが風を遮るほどの力を付ける頃には、空良たちは相当な年齢になっているはずだ。

「そうデスねー。ショクリン分かりまセン」

いい加減な相槌を打つザンビーノに笑ってしまった。

「空良殿、そろそろ次の視察へ向かわなければなりません」

笑っている空良に声を掛けるのは桂木だ。

峨朗丸との会合以来、空良には桂木が付けられるようになった。

一番忙しい思いをしているのは高虎で、補佐には魁傑が適任だ。その魁傑を補佐するためには、陪臣である佐竹が使い勝手がいい。空良は一人でも領地を回れると言ったが、それは高虎が承知せず、桂木が名乗りを上げたのだ。

魁傑が難色を示すかと思ったのだが、意外とすんなりと同意した。宇垣群島での交渉以来、魁傑の桂木に対する警戒が少し解けているのを感じている。ときには魁傑のほうから桂木に意見を求めることもあるようだ。暴走しがちな領主と家臣のあいだに桂木が入ることで、一呼吸置かれる場面が見受けられる。とても良いことだと思う。

空良付きになった桂木は、実際よく働いてくれる。時刻を忘れがちな空良に、今のようにそれとなく促してくれるし、身の安全という意味では、身を以て確認している。

元々感情を表に出すような人物ではなかったが、それも少し変わってきた。最初の頃は、空良に対して警戒しているような空気があった。男の嫁である空良に、悪意とか拒絶とは違う、得体の知れない警戒の念があり、そんな桂木の視線に疲労することがあった。

けれど今はそういう空気が薄れていると感じる。それに伴い、遠慮がなくなったというか、ほんの少し口うるさくなったようだ。

「……ザンビーノ殿には、あまり気安くなさらないほうがよいかと存じます」

そんな桂木の新たな警戒は、ザンビーノに向けられているようだ。

「そうですか？　あちらの気さくさに呑まれ、ついこちらも同じような態度をとってしまうのですが」

「はい。そこが危険と存じます。冗談に紛れさせ、本心で空良殿を手中に収めようという気概を感じるのです」

桂木の苦言に笑いで返しながら、過分な謙遜をせずに「心に留めておきます」と答えておいた。それよりも、ザンビーノの本名をちゃんと言えていることのほうに驚いている空良だった。

造船所を去り、そのまま砂防林に沿って馬を走らせ、港へ辿り着く。活気ある人々の様子を眺め、声を掛けながら、何か問題がないかと視線を巡らせた。

孫次がやってきて、以前提案された新しく他所からやってきた人が住むための長屋についての話し合いをする。領民の数は日々膨れ上がり、それらを受け容れる場所も必要になってくるのだ。

領地にはまだ余裕があるので住まう土地を提供することはできる。新しくやってきた人と、長年日向埼に住んでいる人と、領域を分けるような割り振りをしているが、やはり衝突は避けられない。

元々、悪辣な領主に悪政を敷かれ、領民一同で団結して対抗していた日向埼の人々だ。高虎や空良たちの努力により、生活が向上しても、新参者に対する目は未だに厳しい。

孫次や五郎左、彦太郎の三人衆が海、町、農地を纏めてくれていて、自警団も頑張ってくれているが、どんどん増える人口に追いつかない部分もある。その辺りのことは三人衆とよく連携を取り、高虎に意見を上げなければならない。

「どんな些細なことでもわたしに言ってください。小さな綻びが大きな亀裂になることもあれば、逆に新しい発見に繋がることもあるかもしれませんから」

「承知いたしました」

「頼りにしていますよ。……ですが、あまり頑張り過ぎるのも心配しているのです。顔色が少し悪くはありませんか?」

領地のために奔走している孫次に労いの言葉を送る。

「あとで漁場に差し入れを寄越すように城に言っておきましょう」

「過分なお心遣い、痛み入ります」

孫次が頭を下げ、空良は鷹揚に微笑んだ。

「こちらこそ、いつも美味しい差し入れを頂いていますでしょう？　ほんのお返しです」

漁場と市場、それから自警団の詰め所のほうにも酒を振る舞うように桂木に言いつける。

領地のために頑張ってくれていることを認め、言葉や形で示す。それが励みになることを、空良自身が知っているから、周りにも返すのだ。

頼りにされ、感謝され、その気持ちを示されるのは嬉しいことだ。役に立っているという自負と、それらをちゃんと見守られているという確信は、大きな力になることを、空良は今までの経験で学んでいた。

「領主様ご夫妻には、我々もいつも感謝をしております」

この言葉一つをもらうだけで、幸福だと思う。


港での視察を終え、城下町に戻った。こちらも人々が行き来し、活気のある風情を醸し出している。

人々の顔色を見て、ここにやってきた当初との違いを確かめ、空良は目を細めた。あの頃の彼らの顔には、敵愾心と諦めの色が混ざり、疲れ切っていた。

それが今は、誰の顔も輝き、空良の姿を見れば笑顔で近寄ってくる。自警団の法被を着た者が誇らしげに目礼し、商店の人が深々と頭を下げている。

町並みや人々の働く様子を眺めながら、城下町を闊歩する。いくつかの路地を過ぎ、ある一角にて空良は馬を止めた。

鮮やかな色をしたのぼりが複数立てられているそこは、臨時の芝居小屋だ。全国を回っている旅の一座が、今はここ日向埼で興行を行っているのだ。

役者名を記したのぼりの中、ひときわ大きなのぼりには、本日の演目が書かれている。

「宇垣群島海賊決戦、鬼嫁の逆襲の巻」

字面を見ただけで頭を抱えたくなるような題目である。

まだ公演の時刻ではないようで、小屋の前は閑散としていた。

空良は芝居小屋の側にある甘味屋で団子を買い求め、その包みを携えて小屋の裏側へと回った。桂木はそのまま甘味屋で待機してもらっている。

楽屋口にいる木戸番に声を掛け、菊七のいる部屋に案内してもらう。「菊之丞」と書かれた紫の暖簾の奥に、菊七がいた。桟敷の上に寝そべって、絵巻を眺めている。

「よう。そら吉」

中に入ってきた空良を認め、菊七が笑みを零した。空良が差し入れた包みを早速開け、ひょいひょいと口に放り込み、残りを木戸番に渡している。

「他の演者に配ってくんな。それから茶を頼む。二人分」

茶が運ばれてくると、菊七は自前の菓子を空良の前に置いてくれた。昨日の客から差し入れられたという干し柿だった。

「前にそら吉からもらった柿は美味かったな。あれ、また差し入れてくれよ」

「分かりました。来年の秋になりますが、その頃にまた日向埼にいらしてください」

片膝を立てたまま茶を啜る姿は行儀が悪いが、湯呑を口元へ持っていく手の動きがやけに優雅で目を留めてしまう。湯呑に当たるふっくらとした唇や、長い睫毛の下にあるほくろなど、空良から見ても色っぽい。

「鬼嫁のお蔭でがっぽり稼がせてもらっているぜ」

そんな美貌の持ち主だが、口はめっぽう悪いのだ。

「そら吉はまだ観ていないんだろ？　今夜観るのか？」

「観ませんよ。恐ろしくて」

評判は聞いている。連日満員御礼の札が出ているそれは、海賊の長と鬼嫁との丁々発止の滑稽な活劇だという。菊七扮する「そら吉」が、海路を巡る交渉のため単身で海賊の住む島へ渡り、凶暴な長を相手取り、最後にはやりこめるという話になっている途中にはお得意の大立ち回りが入っており、そら吉が大活躍しているそうだ。

「実在の人物とはまったく関係ないと、ちゃんと説明してくださいよ」

「関係なくないだろ。あんたの話なんだから」

「違うでしょう」

「前の芝居よりも評判がいいんだぜ？　軍勢を相手取っての立ち回りが多いから」

空良は宇垣群島のあの島で、立ち回りなど一つもしていない。それなのに、芝居の中では槍（やり）を振り回し、海賊どもをなぎ倒し、海賊の長に勝利する。最後には這（は）いつくばった大男の背中に足を置いて大見得を切っているという。

海賊の暮らしの中に二月（ふたつき）ほども潜入していた菊七なので、その辺りの描写が妙に臨場感があるのも評判が上がっている理由だ。

「わたし、峨朗丸さんに殺されてしまうのでは……」

峨朗丸本人が観たら大激怒するのではないだろうか。

「そんなもん、みんなが喜んで、その上儲かりゃいいんだよ。誰も全部が実話だなんて思わねえって。芝居なんだからよ」

菊七は軽い口調でそう言うが、本当にそうだろうかと怪しく思う。以前岩波の宴会に出たときにも、前の芝居の話がひっきりなしに出たが、皆が実話として捉えていて、否定するのに苦慮したものだ。

「そもそも海賊業なんざ、庶民はよく知らねえだろ？　おとぎ話みてえなもんだって」

だから気にすんなと笑って言われ、空良も曖昧に微笑んだ。

「んでよ。別口の話があるんだよ」

今回の演目についてひとしきりの話を終えた後、菊七が言った。

「……中江津のことなんだが」

湯呑を桟敷の上に置いた菊七が、人の目を憚るように辺りを見て、声を潜めた。

「中江津ですか？　材木座の。うちも取引をしていますが」

日向埼よりも少し西に下った中江津は、大領地である丹羽国を後ろ盾に持つ材木座のある地域だ。海と、そこに流れ込む大きな川を利用して、日向埼を含めたこの辺り一帯の材木について、保管、輸送、売買を独占している。

城下町の家屋や、個人が持つ小舟などを作るならば、自国の林業で賄えるが、城や安宅船など大きな建造物となるとそうはいかず、材木の一切を取り仕切る材木座に頼ることになるのだ。

「大勢来てるぜ？　俺らみたいなのが。中江津だけじゃねえけども」

「まあ、そうでしょうね」

他国から流れてきた中には、菊七のように間諜の役目を果たす者がいるだろうことは想像に難くない。こちらだって魁傑の昔の仲間などを使って情報を得ているのだ。日向埼での造船は、取り立てて宣伝しているわけではないが、造っているものが大物だけに、完全に秘匿することなど無理だ。外から職人も入っているし、人の口に戸は立てられない。

菊七が言うには、その中でも、中江津が怪しい動きをしているらしい。

「まあ、ここは急激に発展してるからな。目立つんだろうよ。特に中江津は後ろが後ろだしな」

「丹羽国ですか」

丹羽国は、伏見玄徳の預かる岩波よりも広い領地を持ち、材木座や塩座など、多くの商売を手掛けている。今も着々と領地を広げており、この辺りでは最大の勢力だろう。

日向埼は丹羽国とは特に同盟を結んでいないが、敵対もしていないという間柄だ。高虎がまだ隼瀬浦にいたときにあった大戦で、連合軍として味方同士で戦ったことがある。高虎が日向埼に移った折に、その旨を伝える挨拶状を送ったことは記憶している。

それが今は、属国を使っていろいろと日向埼の中を探って回っているのだという。

「危険視されているのは間違いない」

「戦(いくさ)になるでしょうか……？」

「んー、頭叩くぐらいのことはしてくるんじゃねえの？　水軍作ってんだろ？」

昨年までは、領主が入れ代わり立ち代わり交代していた力の弱い小領地だった日向埼だ。それが俄(にわ)かに人を集め、船を造り始めたのだ。戦とはいかないまでも、牽制ぐらいのことはしてくるだろうと、菊七が予想した。

「俺が伝えられるのはこれぐらいだ。あとは別のもんに探らせてくんな。しばらくは一座のことで忙しいからよ」

宇垣群島での潜伏に、二月余りも使った菊七は、今回はそれほど自由に動けないと言った。

「調べられるもんは調べておくけどな」

「はい。貴重な情報、助かりました」

空良が頭を下げると、菊七はにっこりと笑い、空良に出した干し柿を自分の口に放り込んだ。


日向埼城の詮議の間。いつもの四人の他に、今日は勘定方や普請方など、普段城でのいろいろな役職を持つ者、十人が加わっていた。

「船も材木も出せないと、そう申すのだな」

魁傑の声に、普請方の男が「はい」と短く返事をする。

菊七から「中江津が不審な動きをしている」と警告されてから半月後のことだ。

造船の他にも、城下町の新しい長屋や、港の普請、それに伴った灌漑事業、橋の建築など、日向埼は今、これまでになく建築事業で賑わっている。その事業を進めるには、膨大な数の材木がいる。それらを輸送する船がひっきりなしに日向埼を行き来している現状なのだが。

「中江津の材木座のほうから、今月の分を運んだあとは、一旦輸送を止めさせてくれと言われました。そのあとはしばらく融通できないと……」

「しばらくとはどのくらいだ」

「早くても半年、たぶんそれ以上は掛かると、そう言われました」

不機嫌な顔を隠しもせずに腕を組んで唸る魁傑に、普請方の者は「うちだけではないという話ですが」と言い訳をする。

「どうだろうな」

高虎が辺りを見渡すと、皆が一様に首を横に振る。

中江津のお得意様の大領地で大掛かりな灌漑事業、築城が行われるようで、そちらに掛り切りになるという話が持ち上がっており、日向埼に回せる材木も船もないと言ってきたようだ。その期間は短くて半年と言っているが、たぶん年単位になるだろうと。

「築城など、何処の国の話も聞いておりませんが」

「嫌がらせだな」

高虎の声に、集まっている一同が一斉に頷く。

「やはり丹羽国か。動きが早いな」

これにも皆が頷き、不快そうに眉を寄せた。

領主が頻繁に代わり、収穫時には嵐が吹き荒れ、領民の覇気もない、旨味のない土地だった日向埼が、突然活気づいた。植林や農地の改革で、多少の人口の増加は見逃せても、港の増設や造船事業は捨て置けなかったらしい。

「戦の準備に入っているということでしょうか」

「いや、攻め込むつもりはないだろう。今丹羽国はこれより西のほうに警戒を向けているはずですから」

魁傑が地図を広げ、皆で覗き込む。

丹羽国は属国の多い大領地で、近頃は西方面に向かって領地を広げている。先だっても大きな戦を仕掛けており、まだ決着はついていない。こちらに戦を仕掛ける余力はないと見て、日向埼のほうでも大胆な改革事業を進めているのだ。

「今、我らを敵に回せば、東と西からの挟み討ちとなります。まあ、西に味方をしても、こちらにまったく旨味がありませんゆえ」

同盟は結んでいないが、請われれば連合することもあるくらいには近しい国だ。西の敵対国に比べればというくらいの近しさではあるが。

「だから牽制として、このようなつまらない嫌がらせを仕掛けているのだと思いますが」

つまらない嫌がらせでも、こちら側からすれば大打撃だというのが困る。海はあっても漁船しかなく、今造っている船はどんなに急いだところでできるのは来年だ。材木を運ぶ船さえなく、すべて材木座に頼り切るしかない日向埼は、船も材木も出せないと言われてしまえば、事業が頓挫してしまうのだ。

「この際同盟を結んで、融通してもらうというのは如何でしょうか」

勘定方の男が進言する。工事が日延べするほどに金が嵩む。半年、一年、数年となれば、その損害は膨大となる。

「……いや。それが向こうの狙いなのだから、おいそれとは動けない。今、こちらは弱い立場なのだ。同盟など打診すれば、弱みに付け込み無理難題を言いかねぬ」

船も材木も欲しているのはこちら側で、主導権は材木座を押さえている丹羽国にある。同盟を結んだところで、対等な立場でいられないのが決定しているのであれば、その立場は属国と同じになってしまうのだ。

「他の材木座を頼るというのは……？」

「何処も遠いな……。まずツテがない」

「これから話を付けるとなれば、どれだけ掛かるか。船を回してもらうのも難儀ですな」

どの商売でもまずは根回しがいる。相手方のほうでもきちんと元がとれるかどうか、調べるだろう。調べた挙句、大領地が絡んでいることが分かれば、下手をすれば火の粉が自分のところへ飛んでくるのだから二の足を踏むだろう。

「一時凌ぎで材木を手に入れても、続かなければ仕方がない」

難しい問題に、部屋にいる全員が腕を組みながら「ううむ」と唸っている。

高虎の隣に控えていた空良は、広げられた地図に目を落とした。

地図には日向埼を含めたこの辺り一帯が描かれている。左側には海が、領地を越えた内陸には山が広がり、それらを分断するように川が流れている。灌漑事業が進み、日向埼の川が少しだけ形を変えている。

そういえば、隼瀬浦にも大きな川が流れていた。山の上の大滝を、皆で見に行ったことを思い出す。

虹の掛かったあの場所は、言葉にならないほど美しかった。最後にもう一度訪れたいと願ったが、叶わなかったことが心残りだ。

いつか里帰りをしたときに、また次郎丸（じろうまる）たちとあの滝を見に行きたいと思いつつ、地図を眺める。

日向埼の川を伝い、山を越えた平地には他所の国がある。山から川が生まれ、海へと流れていく、それに沿うようにして人の暮らしの跡が見受けられた。

山も木も川も、こんなにたくさんあるのに、手に入らないとは難儀なことだ。

自然の恩恵を受けて人は暮らしていけるのに、その恩恵を独占しようとするから争いが起きる。他所が潤えば、自分が損をしていなくとも邪魔立てする。自分以外の土地に無駄に力をつけられては困るからだ。

戦の世では仕方のないことではあるが、どうせ戦うのであれば、他所を占領するためではなく、今の暮らしを護るために戦いたい。夫もそうであってほしいし、ここに住む領民すべてがそうであってほしいと願う。

「助け合っていければいいものを……」

先日の伏見と高虎のように、争うのではなくお互いに良い方向に向かえるように力を貸しあいたいものだ。皆が同じ思いであれば、戦など起きようがないのだが、そんな人ばかりではないゆえの、今の状況である。

平穏が一番。

そんなことを考えながら、空良は地図から目を外し、連子窓の外へと顔を向ける。

冬の空は冷え冷えと透き通り、雲一つない青の中を、列を組んだ渡り鳥が飛んでいく。

「でも、嫌がらせは許せませんね」

この国には船が要るのだ。そのために材木が要る。新しい暮らしを求めてやってきてくれた領民のための家屋も当然必要だ。港にもすでに手が入っている。工事のために集まった職人たちの仕事がなくなれば、たちまち生活が困窮する。ザビさんや岩波から来てくれた人たちだって困るだろう。

彼らのためにもなんとかしなければならないと、難しい顔をして唸っている高虎の隣で、空良はもう一度広げられた地図に目を落とした。

日向埼城の櫓門(やぐらもん)の上。見晴らしのいい場所で、空良は遠くを眺めていた。

日向埼にやってきた当初は、領民ならば誰もが割合と気安く城門を潜(くぐ)れるような警備となっていたが、造船を始めた頃より厳しくなっている。門はもちろんきっちりと閉じられ、門番の数も増えた。新しく与えられた槍を携えた兵が、厳めしい顔つきで門を守っていた。

中江津から商談の断りが入ってからは、特に厳しくなった。港でも城下町でも、自警団と連携して、頻繁に見回りをしている。

城の内部では家臣たちが忙しく走り回っていた。今朝も日の出る前から魁傑の怒号が聞こえていた。佐竹などは、ここ数日はよく眠れていないのではないかと思われる。気の毒なことだ。

櫓から領地を眺める空良の側には、いつものように桂木が控えていた。桂木の後ろにも数人が並び、外を眺める空良を見守っている。城内では危険はないが、警戒をするにこしたことはないと、何処へ行くにも数人が付いてくる。間諜の蔓延る領地だ。少しでも怪しい動きがあればすぐに対処できるようにと、皆で気を配っている。

「……む。空良殿、お下がりください」

何かの気配を感知した桂木が見張り用の窓から空良を下がらせようと声を掛けた。自身は身を乗り出し、空良を庇う体勢を取ろうとする。

「平気です。危なくないですから」

そう言って空良が右腕を差し出すと、大きな鳥が音もなく降り立った。羽音の一つも鳴らさず空良の腕に止まったそれは、「クウ、ギョロロロ」と独特の鳴き声を上げ、クルクルと首を回す。

「ふく！　元気だったかい？　ああ、久しぶりだね。また会えて嬉しいよ」

華やかな声を上げる空良の頬に、名を呼ばれたふくが嬉しそうに顔を寄せた。

隼瀬浦にいた折、散策の途中で怪我を負った梟（ふくろう）を拾い、介抱した。親から見放され、育つのは無理だと言われたふくだったが、こうして元気に育ち、離れた土地に住む空良に会いに来てくれたのだ。

空良の腕の上で嬉しそうに羽を動かしているふくの片足に、紙片が結ばれていた。怪我をしないようにそっとそれを外し、中身を確かめる。

「松ノ海岸線」

要点のみが書かれた文字を見て、空良は身を乗り出すようにして海岸沿いに目を凝らした。

「領地に入ったようです。今海岸線を砂防林に沿ってこちらに向かっていると」

首を伸ばして海方面を見るが、まだ姿は見えてこない。ふくを先触れに出して、ゆっくりと城を目指しているのだろう。

やがて数頭の馬に乗った人たちと、それらを囲うようにしながら歩く集団が見えてきた。全部で五十名ほどか。港のほうには寄らず、真っ直（ます）ぐに城下町へと入り、こちらに向かってくる。

「次郎丸さま一行がいらしたと旦那さまにお伝えください。もう四半刻も経たずに到着しますよ」

空良のはしゃいだ声に、桂木の後ろにいた者が頷き、素早い動きで城内に走って行く。

肩の上にいたふくが飛び立ち、城下を歩く者たちのすぐ近くで旋回し、またこちらに戻ってきた。大きく手を振る空良を認め、馬上にいる青年も手を振り返してくれた。

城門が開くと同時に空良が飛び出すと、馬から下りたばかりの次郎丸もこちらに向かって駆けだしてくるところだった。

「次郎丸さま！」

「空良殿！　お久しぶりにございます！」

抱き合わんばかりの二人の頭上を、ふくが優雅に旋回している。

「長旅ご苦労さまでした。首を長くしてお待ちしておりました。さあ、中へ」

空良の先導で、次々と隼瀬浦の人々が入ってくる。次郎丸のすぐ後ろには阪木（さかき）がおり、再会を喜び合う空良たちに目を細めていた。

前回の冬にも寒さを凌ぐために、次郎丸は日向埼を訪れていた。およそ一年ぶりの再会である。

「空良様、ご無沙汰しておりました。お元気そうでなによりです」

「ああ！　孝之助（こうのすけ）さま。大きくなられて」

爽やかな笑顔で挨拶をするのは、隼瀬浦の同盟国である篠山（しのやま）という国の領主の三男だ。同盟を結ぶと共に隼瀬浦に身を寄せており、いわゆる人質の立場だが、年の近い次郎丸と息が合い、空良も高虎も弟のように可愛がっていた間柄である。

　年の近い二人は背丈もほぼ同じで、随分育ったものだと、空良は二人の成長を頼もしく感じた。虚弱で成長の遅かった次郎丸も、今ではそのような幼少時代を感じさせず、しっかりとした青年に育っている。二人とも背丈は空良とほぼ同じだったが、伸び盛りの年齢を思えば、すぐにでも追い越されてしまうだろう。けれどそれが嬉しい。

「して、きゃつは出迎えに来ないのか。敬愛する我が来たというのに」

　キョロキョロと辺りを見回しながら、次郎丸が唇を尖らせた。幼い頃の面影がそこに浮かび、懐かしさに空良は破顔する。

「次郎丸さまご一同をお出迎えするために、ずっと忙しくしていたのですよ。誰よりも楽しみにお待ちしていたのが魁傑さまです。きっと次郎丸さまのご到着を今か今かと待っているはずです」

　空良の言葉に次郎丸は嬉しそうに笑みを浮かべながらも、「ふうん」と素っ気ない返事をした。

「しかし、ここはやはり暖かいのう。もう春が来たのか。隼瀬浦はまだ雪が深いぞ？　これほどじゃ」

　膝の上の辺りに手を置いて、隼瀬浦の雪の積もり具合を教えてくれた。

「春はこちらでもまだですよ。日向埼の冬は、ずっとこんな感じです」

「そうなのか。これは過ごしやすいのう。なあ、孝之助」

「ええ、篠山も雪が少なくても風は冷たいですから。冬でもこの気候というなら、まるで極楽のようです」

孝之助の故郷も隼瀬浦ほど雪は深くない。それでも日向埼に比べれば寒い地方なので、空良の説明に目を丸くしている。

「その代わり、秋の嵐は凄まじいですよ」

「そうなのですか」

「去年だったか。未曾有の大嵐に見舞われたのは」

「皆さま方、何をしておいでです。城でお待ちしているのですが」

城門の内側で留まったまま、それぞれの領地の季節について話をしていると、城の奥から魁傑がやってきた。到着の連絡を受けてから、待てど暮らせどやってこない一行に、業を煮やして迎えに来たらしい。

「……ほう。今更の出迎えか。お主も出世したものよのう」

「出世などしておりませぬ。某は城主付きの家臣ゆえ」

「ならば城主は何処じゃ！」

「城の奥にて待機しておられます」

「城主付きの家臣が城主を置いて門まで来るのか。この不届き者め」

「お客人がいつまでもダラダラと城門付近にたむろするので、様子を見に来ただけですが！」

姿を現した魁傑に、次郎丸がすかさず噛みつく。ムッとした顔つきの魁傑がすぐさま応戦し、城に入る前から始まってしまった。

待ちきれずに迎えにやってきた魁傑に嬉しさ全開で喧嘩を吹っ掛ける次郎丸と、嬉々として受け止める魁傑の姿だ。

懐かしい光景に和んでいる空良だったが、桂木とその周りの者たちは、いきなり始まった二人の掛け合いに口をポカンと開けている。阪木はやれやれといった態で首を振っているし、孝之助は苦笑していた。桂木は無表情を保ったまま、周りの様子を窺い、これが平常なのだと納得しているらしい。

しばらく言い合いを続けた魁傑が、不意に孝之助のほうに顔を向け、大きく目を見開いた。

「おお。これは孝之助殿。お久しぶりにございます。随分と成長なされて」

精悍な青年となった孝之助に目を細める魁傑の前に、次郎丸がズイ、と前に出た。

「そうじゃ。随分と成長したであろう？　して、我も孝之助と変わらぬ背丈となったのだぞ。驚け」

さあ褒めろと言わんばかりに胸を張る次郎丸に、魁傑は「あーそうですな」と棒のような返事をするからまた始まる。

「お主、なんじゃその返事は！」

「次郎丸様とは昨年もお会いしたゆえ、それほどの驚きはありませぬな」

「い、一年でまた伸びたのじゃ！　昨年はこの辺だったのが、ほら、ここまで伸びた」

魁傑の顎の下辺りに手を添えた次郎丸が、「ここ！　ここまで伸びた！」と、鼻の下に手を置いた。

「そのうちお主を追い越すぞ。そのときには吠え面かくなよ」

「ああ、頑張ってくださいませ。では戯(ざ)れ言はこれぐらいにして、中へ入りましょう」

「なんだとう？」

ふふん、と鼻を鳴らした魁傑を睨(にら)みつけ、次郎丸が口元に指を持っていく。フイ、フイ、ピー、と鋭く短い音が鳴ると、いきなり大きな影が魁傑を覆った。

「っ、うわ！　これ、ふく！　なんだ。どうした！」

髷(まげ)を鷲(わし)づかみにされた魁傑が慌て、次郎丸が高笑いをした。

「よく訓練されているだろう？　文を届ける他に、このように不意打ちで相手を攻撃するようにしたのだ」

ふくは小柄な梟だが、羽を広げれば四尺ぐらいにはなり、子どもの背丈よりは大きいのだ。爪も鋭い猛禽(もうきん)に飛びかかられれば、かなりの恐怖となるだろう。梟の習性上、頭を摑まれるまでまったく音がしないのが、また恐ろしい。そんなふくの襲来をいち早く察知した先ほどの桂木は、やはり凄(すご)い人なのだと改めて感心した空良である。

「次郎丸さま、随分ふくと親しくなったのですね。驚きました」

「そうだろう？　指笛で呼び出せば、すぐに来てくれるまでに懐いてくれたのじゃ。ここに連れてくることで、この地も覚えてくれただろう。これからは、危急の知らせがあればふくに託せる。まあ、負担を考えて字数を削るのが難儀だが」

魁傑の頭の上で暴れているふくを眺め、次郎丸が楽しそうに笑っている。

「それでも嬉しゅうございます。危急でなくても、『息災』一つの便りがあれば、安心しますから」

「そうじゃな！」

これからは、ふくを通して隼瀬浦の様子が分かるようになると思えば、空良も目の前が明るくなるような気持ちになった。馬を使って何日も掛かる距離が近くなったのが嬉しい。

「そうじゃ。ふくにも番ができたのだぞ。先日嫁を連れてきた」

「そうなのですか。それはめでたいことですね」

「まだ子はおらぬようだが、そのうち生まれるだろう。ここ最近は嫁に貢ぐのが忙しく、ヤモリや蛇などの土産が減ったのだ。寂しいが、ちょっと有り難い」

以前は朝起きると縁側にそういったお土産が置かれていることが多くあり、また、直接渡されることもあって、ふくの好意と思うから無下にもできずに困っていたと、次郎丸が笑って言った。

「次郎丸様！ お話のところ申し訳ありませんが、ふくをどうにかしてくだされ！」

ふくの近況を語り合っているあいだじゅう、攻撃を受け続けている魁傑が情けない声を上げた。ふくも相手が魁傑と分かっているので本気で突いたりはしていないようだが、寸断ない攻撃に、ふくが弱り切っている。それを見た次郎丸の高笑いが響く。

「どうじゃ、参ったか。参ったと言え」

「ぐぬぅ……」

両腕で頭を抱えた魁傑が、悔しそうに唸っている。

「卑怯ですぞ！　武士なら己の剣で挑むのが定石！」

「敵に勝つためにはどんな手でも使えと教えたのはお主であろうが！　行け！　ふくよ！」

次郎丸が再び指笛を吹き、「参った！」と叫ぶ魁傑に、「初めて勝ったな」と次郎丸が高らかに勝利宣言を告げたところで、ようやく隼瀬浦の一行は、城内に入ることができたのだった。

旅の汚れを落とし、しばし休息を取ったあと、歓迎の宴が行われた。

主賓の席には次郎丸と孝之助が並んでいる。接待側の空良はいつものように高虎の隣に座り、魁傑、阪木らがそれぞれの主の側に控えている。

桂木たち茂南沢の面々は、今回末席に近い場所にいる。

空良が采配するよりも早く、本人

から申し出ての席次であった。隼瀬浦とのこれまでのこと、そして孝之助へ配慮しての申し出だろうと思い、空良も特に異を唱えなかった。日向埼と共に隼瀬浦とも縁を結びたい茂南沢だ。何某かの働きかけがあるのではと少々の懸念はあったのだが、桂木たちは与力の分を超えず、静かに控えたまま、宴の様子を眺めていた。

昨年招いた菊七たち旅の一座はすでに日向埼を離れているので、余興のお披露目はなく、空良はそっと胸を撫で下ろした。代わりに海の幸が山のように振る舞われる。孫次たち漁師が、領主の大切な客人のために、数日を掛けて仕留めてきた魚たちだ。

「おお。これが楽しみだったのじゃ。隼瀬浦では川の魚しか捕れぬからの」

新鮮な海の幸に舌鼓を打ちながら、「父上も羨ましがっておった」と次郎丸が語る。

「義父上さまに新鮮なものをお届けできないのが残念です」

干物や酢じめを用意できても、やはり捕れたての鮮魚には及ばない。その上今回次郎丸は、日向埼を立ったあとも、向かわなければならない土地があり、土産を持たせることができないのだ。

「こちらへお越し頂ければよいのですが、やはり難しいですよね……」

「兄上がいなくなり、父上の仕事も増したからの。出立の際、随分恨みがましい顔をしておりました。自身が行きたかったと」

鯛の刺身を頬張りながら、次郎丸が笑って言った。

「数年後には次郎丸様も内政に立派に携われましょう。その折には大手を振ってこちらに出向くことでしょう」

阪木がそう太鼓判を押し、次郎丸も「うむ」と力強く頷いた。今回の訪問も、単なる避寒の外遊ではなく、ちゃんとした外交の仕事なのだ。

会うたびに立派に成長していく次郎丸の姿が頼もしく、少々寂しくもある。

隼瀬浦の、空良たちの住まいの縁側で大粒の涙を零したのは、たった四年前のことなのに、今はその面影すらもない。

「それにしても、空良殿は随分と貫録が増しましたなあ。見違えるようです」

次郎丸の成長ぶりに目を見張っている空良に向け、阪木が感嘆の声を上げた。空良も次郎丸と同様に、この四年でかなりの変貌を遂げているらしい。

先日の、高虎や岩波の者たちにも、空良の見目が変化したと言われた話を思い出した。城に戻ってから鏡をじっくりと見てみたが、やはり自覚は湧かなかった。もともと自分の見た目など頓着しない空良だ。以前の自分の姿すらよく覚えていない。

「そうでしょうか」

「ええ。まっこと逞(たくま)しくなられて」

そう言われて、空良は自分の腕を見た。

隼瀬浦に来た当初よりは格段に肉付きのよくなった身体だが、逞しいと言われると心許(こころもと)

ない気がする。夫や魁傑たちに比べると、肉の厚さや硬さがまったく違うのだ。魁傑や桂木に剣の稽古をつけてもらっているから、少しは上達したと思えても、いざ戦いとなれば歯が立たないだろう。

「旦那さまや魁傑さまのような威圧や殺気はまったく出せず、勝負にもなりませんよ」

「……いや、そういう意味ではないのですが」

「兄上のような威圧など、そんなものは我にも出せぬ。空良殿は兄上に勝利する野望があるのか」

笑い交じりの次郎丸の言葉に、空良は慌てて首を横に振った。

「いえいえ。そのような大胆なことは望んでおりません」

「しかし魁傑ごときが相手なら、そのうち勝つやもしれぬな！」

「……聞き捨てならぬお言葉ですな」

次郎丸の快活な声に、魁傑が不穏な顔を作る。

「先ほど我に『参った』と言うたではないか。完敗だっただろう？　空良殿に負かされるのも時間の問題じゃ」

「あれはふくに参ったのであって、決して次郎丸様に完敗したわけではござらぬ」

「我の命で動いたふくに負けたのじゃ。我に負けたと同じことよ」

「違いますな！」

「そうじゃ！」

「俺はとうに空良には敵わぬぞ」

睨み合う二人を笑って眺めていた高虎が言う。

「空良に勝ったと思ったことなど一度もない。負け通しじゃ」

「旦那さま……」

酔っているのかと隣を仰ぎ見るが、相変わらず顔色一つ変えないまま、笑みを湛えた瞳が空良を覗いてくる。

杯を差し出され、そこに酒を注ぐ。そのあいだにも空良の横顔に注がれる視線を感じ、酒とは違う火照りが空良を襲った。

「……あまりお戯れをなさると、恥ずかしゅうございます」

「戯れではない。本音だが」

「やめてください」

「顔が赤いぞ？　飲んだのか？」

「飲んでいません。旦那さまのせいですよ」

からかうような声に睨み上げると、高虎が楽しそうに眉を上げるので、フイと横を向く。

「怒るな。空良」

「旦那さまがからかうからです」

コソコソと小さないさかいをしていると、今まで言い合いをしていた次郎丸が、突然「かー！」と叫び、魁傑の膝を叩いた。かなりの力を込めたようで、バシンと音が鳴る。

「いきなり何事でござるか」

「目の前にあったからな。叩きたくなったのじゃ！」

「なんと理不尽な！」

「こうでもせねば、やっていられない。深酒が進みそうじゃ！」

「なんと。そのお年でそこまで酒をたしなまれるようになったのですか。拙者がいなくなった途端これですか。……阪木殿？」

魁傑が阪木を睨みつけ、阪木が「滅相もない」と首を振っている。

「久しぶりに目の当たりにすると、目の毒じゃな。というか、以前より病が進んでいるように見受けられる」

次郎丸が大人びた仕草で首を振った。魁傑は叩かれた膝を摩りながら「そうですかな？」と首を傾げている。

「昔からあんな感じではござらぬか」

「むう。そうだったかもしれぬ。しかし相変わらずじゃのう……。お主も苦労するな」

ふう、と溜め息を吐く次郎丸がなんだか年寄りくさい。たった今勝った負けたの言い争いをしていたのに、今度は肩を寄せて慰めあっている。

「腕っぷしで言えば難しいところではありますが、空良殿が強くなったというのは本当でござるな。なにしろ伏見の鬼瓦を泣かせ、海賊の頭領をやり込めたのですから」

「そうじゃ！　その話を聞きたかったのじゃ。今回は芝居が観られんでな。よく聞かせてくれ」

次郎丸がパッと顔を上げ、魁傑に話をねだる。

「ああ。あれもまた凄まじい攻防でございました。荒海を進む小舟一隻にたった一人で乗り込んだ空良殿は……」

魁傑が語り始め、次郎丸が顔を輝かせる。孝之助や阪木までもが膝を進め、魁傑の話を待ち受ける。

船に乗ったのは空良一人ではなく、桂木も一緒だ。だいたい魁傑は高虎と共に残ったので、本当の経緯を知らないではないか。

「海賊の頭領は山と見紛うほどの大男。そんな輩に空良殿は一歩も引かず……」

それなのに、まるで見てきたかのように空良の武勇伝を朗々と語るのだった。

宴を催した翌日、空良は次郎丸たちの視察に付き添い、日向埼の港に来ていた。

新しい船着き場と、移設した魚市場。その他にも強化した橋や川への水路など、細かく説明をする。次郎丸は真剣な顔で話を聞き、時折質問を混ぜてくる。高虎の采配する灌漑事業は隼瀬浦で培ったものなので、共通点も多く、把握しやすい。

付き添いは空良だけで、高虎は本日も城で詮議を続けている。最愛の弟の訪問があっても、つききりでいられる暇がないのだ。その分空良が客人の接待の役目を果たす。仕事の一環も担っているが、可愛らしい義弟と過ごすのは、楽しいひとときでもある。

ふくも先ほどまで次郎丸の肩の上で観光を楽しんでいたが、今は出掛けていて姿が見えない。漁場で小魚をもらっていたので、一人で昼食を楽しんでいるのかもしれない。まさか番のもとへ土産を運んでいるということはないと思うが、もしそうであっても、もうここを覚えているのだから、心配はない。

「あれは何を運んでおるのじゃ？　だいぶ大きい船だが」

港の北側に停泊する船を指し、次郎丸が聞いてくる。

「石です。ここから少々北にある地方に、とても良い石があるのです。それを運んでもらっています」

「良い石とな？」

「ええ。細工がしやすいのです。石垣や敷石の他にも、竈（かまど）やら門柱やら、いろいろと使い勝手がいいのですよ」

比較的軽く、加工がしやすい上に、耐火性や防湿性にも優れているので、蔵などを造るのにも適している。港や橋の改修や、城下の長屋造りのために、頻繁に運んできているのだ。
日向埼城の築城の折より使っている石だそうで、領地の改革を手掛けるにあたり、孫次たち三人衆から教えてもらい、重宝している。

「収穫期であれば、こちらからも米などを載せてもらうのですが、今はありません。重い物を運んでもらって空船で帰るのは勿体ないですね」

野菜や魚の干物、多少の織物など、商売にできそうなものを載せているが、米ほどの量にはならない。野菜も魚もほとんどを地元で消費してしまうし、やはり鮮度の問題がある。何かいいものがないものかと、高虎と話しているのだが、そう簡単に特産品など作り出せるものではない。

「そうか。確かに勿体ないな」

空良の話に、次郎丸が思案気に視線を落とし、「探してみるか」と呟いている。

「隼瀬浦でも川を使った水運に力を入れ始めている。空良殿のお蔭で氾濫が減ったのでな。我が国の交易はこれからじゃ」

山に囲まれた隼瀬浦は、農業も商いも、地元で完結するのがこれまでだった。しかし時貞から次郎丸へ世代を移行するまでに、他国との交易の基礎を築きたいと考えているのだ。

日向埼と同じく、これといった特産品のない隼瀬浦だが、幸いなことに多種多様の木が植わっている。これをこれからの産業に活かせないかと考え、その方法を模索するため、時貞より命を受けた次郎丸が、様々な土地を視察して回ることになった。その第一の訪問先として、こうして日向埼へとやってきたのだ。

「幸い、篠山との関係も良好なのでな。孝之助殿の父上の力も借りて、お互いにどんどん発展していきたいものじゃ。日向埼の力もあてにしているぞ」

「もちろんです。篠山は地の利が良いですからね。是非ご協力をお願いしたいです」

「二国の事業に加われるのは、こちらのほうこそ有り難いです」

共に視察に出向いている孝之助が、いい笑顔で頷いている。

孝之助の故郷にも海はないが、ごく近隣の国は海沿いで、隼瀬浦よりも早い時機に同盟を結んでいる。隼瀬浦は篠山との関係を利用して、交易の幅を広げたいと考えている。そこに、我が日向埼も乗っかろうという目論見（もくろみ）だ。

「大内川（おおうちがわ）にも使者をやっている。この先寄る予定じゃが、たぶん断られることはないだろう。このまま進めていけば、大規模な商いになりそうじゃの」

大内川はその名の通り、大きな川を所有する大領地だ。国中を縦横無尽に流れている川を拠点にし、材木座や米座、相物座など、多数の商いを行っている。

日向埼とはだいぶ距離のある大内川だが、隼瀬浦と同盟を結んでおり、空良が高虎のもとへ嫁ぐことになったのは、この大内川との関係が絡んでいた。

その頃高虎の働きで勢力を増していた隼瀬浦は、大内川と同盟を結ぶにあたり、大内川の属国である伊久琵の領主の娘を所望し、双子の弟である空良がやってきたという経緯がある。伊久琵の領主が娘を人質に出すのを惜しみ、隼瀬浦ばかりか大内川をも謀ったとして、危うく戦になりかけたのを、高虎が奔走したことで事なきを得た。

伊久琵の領主はすげ替えられたが、隼瀬浦と大内川との関係は、つつがなく続いている。隼瀬浦を出た高虎も、空良を通して浅からぬ縁で今も繋がっている。

川を使った商いで力をつけた大内川が、隼瀬浦の戦力を欲しての同盟だ。その上今では破竹の勢いの日向埼が後ろ盾にあるのだ。これからのことを思えば、向こうとしてもないがしろにできないという事情もあるのだろう。次郎丸は今後の交渉について自信があるようだ。

「次郎丸様の御力の見せどころですな」

阪木の言葉に次郎丸が「ああ」と力強く頷く。

「大内川を引き込めれば、広範囲の水路が確保できましょう。期待しております」

空良も追従し、期待を込めて次郎丸を見つめた。

篠山とその近郊国にある海、そこから各国を繋ぐ水路、これらを確保できれば、日向埼への海路にも繋がる。

互いの国々とはかなりの距離があり、その間には険しい山々が連なっている。開発の道は険しく、おいそれとは実現しそうにない計画ではある。だが、これが成功すれば、これまでにない大規模な交易が実現するのだ。今はとにかく話を通し、お互いの協力の確約を取れればいい。そうして協力の輪が広がれば、新しく参入しようとする国も必ず出てくる。やがてそれは大きなうねりとなり、一大事業に発展していくことだろう。

「あれが魚市場か。活気があるな」

昨夜の魚の味を思い出したのか、次郎丸が人だかりのある場所を指さし、明るい声を上げた。

「今日はどんな魚が食べられるかのう。楽しみじゃ」

ワイワイと声高に釣果を語っている漁師たちのほうへ空良も視線を向け、「大漁のようですね」と、笑顔を作った。

港を視察したあとは、造船所へと案内する。

こちらも活気があり、皆がそれぞれの持ち場で忙しく働いていた。

「空良サーン！」

造船所にやってきた一行をいち早く認め、黄金色の髪の男が大きく手を振りながら駆け寄ってきた。

「空良サン今日もお元気ネ。ザビさんとメオトになってくだサイ」

ザンビーノの笑顔の求婚に、空良も笑顔で「お断りします」と答えた。

「こちら、領主さまの弟君の次郎丸さまと、篠山の御領主さまの御三男さまの孝之助さま、そのご一行でございます」

「待て、今、この異人殿、空良殿に求婚していなかったか？」

一連のやり取りを素通りして紹介された次郎丸が、目を丸くしている。

「ええ。ですが毎度のことなので、流してくだされぱいいかと存じます」

「流してよいのか？」

「異国の習慣なのでございましょう。挨拶なのでは」

「いや、違うと思うぞ？」

けろりと笑っている空良と、やはり明るい笑顔で挨拶するザンビーノ。

「オウ、領主サマの弟ギミね。はじめまして。空良サンをわたしにくだサイ」

「いや、あげられないから！」

「幸せにしマース」

能天気なザンビーノに、阪木が刀を抜きそうになり、空良が慌てて止めるという一場面を迎えつつ、造船所の視察が進んでいく。

態度は多少軽率でも、船に関しては誰よりも詳しいザンビーノに、初めは臆していた次郎丸もだんだんと慣れ、様々な質問をし、ザンビーノも丁寧に答えてくれた。

川船と海船の違いや、船着き場の構造、海路図の見方など、空良も初めて知る事柄も多く、大いに学びとなった。好奇心の強い次郎丸が異国の言葉を聞きたがり、これにも笑顔でザンビーノが答える。

「海賊の仲間と聞いて、警戒をしていたのだが、なかなか面白い御仁じゃ。分からない言葉も多いが、学びも多かった。良い人材を見つけたものじゃの」

　異国の海図を眺めながら、次郎丸が言った。この海図はザンビーノが海に流されながらも肌身離さず持っていたものの写しだそうだ。原本はいつか母国に帰るときのために、大事にしまってあるのだという。

「こちらの船と、随分造りが違っているように見えた。あちらの図をもうちょっと詳しく見たかったたな。比べてみたい」

　仕事に戻ったザンビーノの背中を見送りながら、次郎丸が名残惜しい声を出している。

　海図とは別に、船の構造図も見せてもらったが、こちらは見るだけで、手に取ることは許してもらえなかった。いわゆる門外不出で、峨朗丸からも渡すことを禁止されているそうだ。よって、通常の船と違う仕組みについては、ザンビーノが口頭で指示を伝え、人が動くという塩梅になっている。

「ですが、次郎丸さまは手に取らずとも、穴が開くほど見つめていたではないですか」

　渡すのは駄目でも、眺めるくらいは可能ということで、その場で広げられた構造図を、次郎丸は瞬きも惜しむように見つめていた。頭のいい人だから、丸呑みするように覚えたに違いない。ザンビーノも苦笑しながらも、質問には親切に答えてくれていたから、頑なに秘匿するつもりはないようだ。

「だが、異国の言葉がふんだんにあるから、理解できないところもあった。数を記す文字がまったく違う。あれは難儀だ」

トンカンと、材木を叩く音を聞きながら、次郎丸が思案気に、作業をしている者を見つめている。

「よし。決めた。明日も来よう。空良殿、明日以降の視察の日程を少々変更したい。できるだけここに通い、あの構造図を目で覚えていこう。船職人と照らし合わせもしたい。あれをものにできれば、将来絶対に役に立つ」

異国の造船の技術だ。得難い財産になるに違いない。

「承知しました。実りある土産を期待します」

ニヤリと笑った次郎丸が、「絶対に持ち帰る」と、決意のこもった声を出す。

「それにしても、あれらができあがるのにはまだだいぶ掛かるのだろう?」

「ええ。年単位での作業だと聞いております」

「膨大な作業だのう。そりゃあ材木も山のように使うか」

作業をする人々から、脇に積まれた材木に目を移し、次郎丸が「えげつない」と呟いた。

「運ぶ船も材木も押さえて、船を造らせないようにするか。単純だが、確かに効果的な嫌がらせだ」

材木座のある中江津から日向埼に運ばれた材木は、先月で一旦打ち止めとなった。なるべく早く再開すると言っていたが、いつになるかという問いには笑顔と共にはぐらかされた。

長屋など、城下町の改修については、領地にある山の木で賄っているが、それ以外は他所から運んでくるしかない。特に造船は使う量が膨大で、その上造る箇所によって多種多様な木材を使うため、現地だけでは賄い切れないからだ。

中江津からの通達を受け、日向埼のほうでも他所の材木座と新たに交渉をし、一応の確保はできたが、一時しのぎでしかないことは分かっている。たぶんそのうち丹羽国から手が回るだろうからだ。

「石ならば容易に手に入るのですけどねえ……。使い勝手がよくても流石に石で船は造れません」

「はは。頑丈な船ができそうじゃが、まず浮くまい」

「ザビさんにも無理だと言われました」

「……本気だったのか」

冗談だろうと笑っていた次郎丸が、目を丸くする。

いっそ丹羽国の勢力の及ばない南西の国、波多野辺りと手を結べればいいのだが、伏見玄徳の領地を越え、渡るのに難解な宇垣群島も越えた先の国であり、今まで少しの国交も結んだことがない。あちらへ声を掛けるのは、中江津と交渉するよりも今の段階では難しいと言えた。

「丹羽国としては、こちらから泣きが入るのを待っているのでしょう」

材料の調達に四苦八苦した挙句に頓挫するのを望んでいるのだ。そうしてどうにもならなくなったところで手を差し伸べて、優位に立とうという算段なのだろう。

「いっそ戦に持っていったほうが早いような気がしてきた。兵を挙げて叩き潰したら、さぞ胸がすくだろう」

好戦的な瞳をした次郎丸が憤然と言った。鬼神と呼ばれる武将を兄に持つ青年だ。理不尽には力で対抗しようという気概が若い身体にみなぎっている。

「これも戦ですよ」

間諜を差し向け情報を得、敵の弱みを握り調略する。相手の作戦に腹が立つのは、それだけ的確に攻撃が効いているという証拠だ。

「なので、負けるわけにはいきません」

負けなしの鬼神が治める日向埼なのだ。兵も挙げぬまま、一太刀も刃を交えず、易々と相手に下るなど許されない。

「絶対に負けません」

領民のため、故郷のため、日向埼の未来のため、そして最愛の夫のため。

すべて守ってみせると、固く決意をする。

血は流れずとも、これは立派な戦だ。

胸の内に湧き上がる熱がある。夫や次郎丸には及ばずとも、空良の中にも確かに獰猛(どうもう)な血が流れているのを感じる。

もともとあったものなのか、これまで関わった人たちに感化されての変化なのか、理由は分からない。

けれど、以前鎧を着込んで軍議に赴いたとき、または海賊の頭領にたった一人で交渉に赴いたときにも同様に感じた、震えるような高揚が、空良の胸に湧き上がるのだった。


次郎丸が日向埼に赴いてから三月後。季節は春を過ぎ、温暖な気候のこの地では、すでに初夏を迎えている。

白波を湛えた海が日を照らし、ところどころ黄金色に光っていた。今はまだ夕暮れにも遠い時刻だ。

日向埼に十日間滞在した次郎丸一行は、意気揚々と次の土地へと旅立っていった。新しい交易先を見つけるために、または新たな特産品の取っ掛かりを得るために、領地と縁の深い地を回るのだ。

次郎丸の連れてきたふくは、数日姿を見せないこともあったが、次郎丸が日向埼を出立する頃には戻ってきた。番に贈り物を届けていたのかどうかは分からないが、怪我もないようで、元気に魁傑を威嚇する様子を見て安心した。出立してからは、ときどき短い文を携え空良のもとを訪れてくれる。その文は隼瀬浦にも届き、次郎丸の旅先へと戻っているようだ。

次郎丸は宣言した通り、日向埼にいるあいだは毎日造船所に赴き、船の構造図を眺めては、その図面を暗記する努力をしていた。そうして城に戻ってから、覚えたての図を紙に写し、阪木や他の職人たちと解析し、更には既存の造船技術と融合させようと努めていた。

ザンビーノの持つ構造図を元に、新しく作り始めた図面が完成すれば、恐らくは途轍もない船が出来上がることだろうと期待している。

門外不出だと言ったはずのザンビーノも、次郎丸の熱心な訪れを嬉々として迎え、問われるままに答え、何度でも丁寧な説明をしてくれた。毎日長い時間共に過ごすうちに、次郎丸は異国の言葉も相当覚えたらしい。本当に頼もしく、将来が楽しみだと思う。

「そろそろ見えてまいりましたな」

魁傑の声に、空良はハッとして意識を海に引き戻した。隣に立つ高虎が、遠くを見ようと目を細めている。

キラキラと黄金色に光る水面のずっと先に、黒い点が浮かび上がる。

段々と近づいてくるそれらは、やがて船影となり、その姿をはっきりと現し始めた。

「おお。これは壮観な眺めですな」

魁傑が感嘆の言葉を吐き、そのまま沈黙した。ザザン、ザザン、という波の音と、船を取り巻く海鳥の鳴き声だけが響き渡っている。迫り来る船団の迫力に、迎えに立つ人々は、誰も声を失い、それらをただただ眺めていた。

近づいてくる船は、二十、三十と増えていくが、それらの後ろにはまだ船影が見える。すべての船の姿が見える頃には、その数は百近くとなっていた。

「……凄い」

百人以上が乗れる大型の安宅船が十数隻、その後ろに中型、小型の船が、数十隻と連なっている。予想外の船の数に、港にいる人々は唖然とするばかりだ。

「沖と船着き場にそれぞれ先導せよ。万が一にも破損など起こさぬように」

高虎の声に、孫次たち海側の者が走り出す。先頭にある船たちが続々と船着き場を目指し動き始めた。

港の拡張工事を行っていたものの、未だ完成しておらず、ましてやこの数の船を一度に停泊させることはできない。向こうにその旨を伝え、半分ほどは沖に留まってもらった。

先に船着き場に着いた船から人と共に荷が降ろされ始める。

あまりの船の多さに唖然としていた港の者たちも、動き始めれば平静を取り戻したようで、いつものように声を張り、キビキビと走り回っていた。

あちらでもこちらでも人が行きかうなか、やがて一人の殿方が空良たちのもとへ近寄ってきた。

「半年ぶりかな。ご健勝のようで何よりだ」

喧騒にも負けない地割れのような声が響いたかと思うと、次には「がはは」と、男が大笑いをした。

「驚いたろう」

海を埋め尽くさんばかりの船を振り返りながら、伏見玄徳が得意げに言った。

「驚いたなどというものではない。まだ改修の途中だと言っただろうに。しかも一度にあの数はいくらなんでも無謀だ。常識を考えてくれ」

荷を積んだ大船で訪れるということは、もちろん事前に承知して、このように出迎えにきていたのだ。しかし、尋常ではない数だとは聞いていなかった。

恨み言を述べる高虎に、伏見は再び高笑いをし、「なに、張ったりじゃ」と言った。

丹羽国を後ろ盾に持つ中江津からの嫌がらせについて、高虎は岩波へ相談の文を送っていた。これまで親交のなかった南西の国、波多野と交易するための口利きを頼んでいたのだ。

事情を知った伏見は、宇垣群島でのこともあり、快く応じてくれた。それだけで有難いのに、更に商船に護衛をつけると申し出てくれたのだ。

昨年の秋、高虎たちは伏見に乞われて岩波に赴いた。そのときに迎えの船を出してくれたのも伏見だった。それで、波多野から岩波へと一旦荷を運び、それから岩波水軍の先導で、ここ日向埼を訪れたというわけだ。

「何処に寄っても『すわ戦か』と慄(おのの)かれたぞ。そのたびに新しい交易だと説明してきた」

補給のために寄った先々で事情を聴かれたらしい。突然百隻の軍団が海に現れれば、誰でも恐怖するだろう。

「さて。荷のほうは順調か」

続々と降ろされるのは、悩みの種だった材木の数々だ。造船のための様々な種類の材木が港に積まれ、またそれらを運び出そうと人々が動いている。

「こちらのほうも準備万端だ」

一方、荷が降ろされた船に積むための荷を、日向埼のほうでも手配していた。

大量の材木を運んできた船に、次には大量の石を載せるのだ。

中型や小型船を着けた船着き場では、別の荷降ろしの作業が行われている。油や反物、南で採れる穀物など、こちらでは入手が難しいものが降ろされ、こちらからも染料となる植物や綿といった特産物を載せていく。

これらの特産物は、日向埼で作られたものではなかった。ここよりも北東にある地方の物を集め、交換できるようにしてある。

きっかけは石だった。

城下町や港の改修に使う石を運んできた船が、空荷で帰っていくのがどうしても勿体ないと思ってしまった。日向埼から出せる品があれば一番よかったのだが、今は領地の改革に手を付け始めたばかりで、とてもそこまで手が回らない。

そこで、波多野から材木を買い付けることに成功し、こちらへ運ぶ算段がついたときに、使い勝手のいい石のことを紹介し、ここを中継地点として交易すればいいと思いついた。

南からの特産品を北へ、北からのものを南へと、ここを中心にして交易すれば航路の短縮になり、船も土産を積んで自分の故郷へ戻ることができる。取り立てて特産品のない土地だが、日向埼の浜は広く、いくらでも蔵が建てられるのだ。

風に負けない頑強な石蔵を並べ、そこに荷を置き、やってきた船に卸す。今はまだ積み荷の種類は少なくても、商売が始まれば、続々と品が集まってくるだろう。

視察の旅に赴いている次郎丸も、様々な特産品の情報を集め、交渉してくれている。彼も岩浪に寄り、伏見に随分世話になったようだ。実りある交渉ができたと喜んでいた。

岩浪に行く前に寄った大領地の大内川でも、川を使った交易に乗り気で、突貫で蔵を建て増ししているという。日向埼から北へ上った船は、そのまま川へ進入し、海のない内陸へも届くようになる。

「組合は商売を守るのに大変重要ですが、他所に圧力をかけるようではいけません」

大内川は米座などの組合があるため、それらを守りつつ、新しい物品の交易から始めるらしい。商売が上手く回っていけば、組合の形もいずれ変わっていくだろうと予測している。

人と荷車でごった返す港を眺めながら、空良はこれから変わっていくだろう領地の様子を想像した。

蔵が並び、大勢の人々が行き来する。賑わいを見せる魚市場に、港には新しく造った日向埼の船が浮かんでいる。

それほど遠くない将来に、きっと見ることが叶うだろう風景に目を細めていると、そっと肩を抱かれた。隣に立つ人を見上げると、高虎が遠い目をして微笑んでいる。夫も空良と同じ風景を脳裏に思い浮かべているに違いない。

「これから忙しくなるな」

「はい。勤しみましょう」

「まずは中江津だな。さて、何を言ってくるか」

伏見軍の船は、至る所で人の目に留まっただろう。中江津には寄っていないと言ったが、噂はすぐに届くはずだ。材木の取引を断ったら、頭の上を飛び越され、座を通さない大規模な交易を始めたのだ。

「戦になるでしょうか」

姑息な嫌がらせに腹を立て、大胆な計画を立ててしまったが、今になって心配になってきた。仕返しというには、ことが大きくなりすぎたような気がする。

「戦になるなら喜んで加勢しようぞ。しかし恐らくはならないだろう。この軍勢を見て、仕掛けてこようとするならば、逆に天晴だ」

不安がる空良に、伏見が豪快に否定した。

護衛と称した百近くの軍勢は、先手の威嚇行為だ。そうでなくとも他国と交戦中の丹羽国には、伏見水軍を配した日向埼を攻める余力はきっとない。

「そうですか。それならよかった……」

「なんだよ、戦わねえのか？　つまんねえな」

戦にならないと聞き、ホッと胸を撫でおろしている空良の後ろで声がした。腹に響く重低音に聞き覚えがあり、驚いて振り返る。

そこには峨朗丸が立っていた。相変わらずの大男だ。今回は着流しではなく、胸当てを着けた半着に、たっつけ袴といういで立ちだ。

「仕返しに行くっつうから久々に船を出したのによ」

そう言って海のほうを見ると、船の上に山盛りになった輩が鬨の声を上げていた。目を凝らすと、見覚えのある顔が見える。空良を縛り上げ、棒で叩こうとした男があのときと同じように銛を振り上げていた。

「峨朗丸さま、お久しぶりにございます。ご壮健そうで、なによりです」

丁寧に腰を折る空良を見下ろし、峨朗丸が「ああ」と、片手を上げた。

「わざわざ日向埼のためにお越しいただいたのですね。ありがとうございます」

「日向埼のためじゃねえ、あんたが窮地だっていうからよ」

え、と小さく問い返し、顔を上げると、峨朗丸がニヤリとした笑みを浮かべる。

「苛められたっていうじゃねえか。可哀想になあ。俺が助けてやるよ」

「ええ。大変助かりました」

「まだ足りねえだろ。おめえさんを泣かせたやつは、俺がきっちりと仕置きしてやるからよ」

「いえいえ、そこまでは望んでおりませんので」

「俺が望んでんだよ。おう、前より色艶が良くなってねえか？　もっと近くで顔見せろや」

峨朗丸が一歩前に出ると同時に、高虎が空良の腕を摑んで後ろに下げた。空良を隠すように前に立ち、峨朗丸を睨みつける。

「おっと。加勢しに参上したんだぜ？　窮地だって言うからよ」

「気遣い痛み入る。ご苦労であった」

「ああ、感謝してくれよ。礼が欲しいな」

「あとで酒を届けさせよう」

会話だけ聞けば穏便だが、高虎が纏う空気は刺すようだ。

「酒はもちろん頂くが、そうだ。あんたの奥方をちょっと貸してくれや」

「……なに？」

ブワリと殺気が立ち上がり、魁傑と佐竹、桂木が高虎と空良を囲むように立ちはだかる。

「わざわざ遠路はるばるやってきたんだ。酒をもらうついでにあんたが酌をしてくれよ」

「断る」

「まあ、そう言うなや」

相変わらず周りの殺気をものともせず、それどころかこの険悪な空気を楽しんでいるような節さえある。

「あんたが酌をしてくれると、酒が美味えんだよ」

「酌ならば某が」

ズイと前に出た魁傑が名乗りを上げる。

「いらねえよ。むさい男の酌なんざ」

「まあ、そう言わずに。積もる話もありましょう。巷で流行っている海賊討伐の芝居の話など」

「その話は聞きたくねえっ！」

魁傑と峨朗丸が会話をしているあいだ、高虎が伏見に「何故この男を連れてきた」と責めている。

「いや、どうしても行きたいと言われてな。戦力としては心強かろう」

「今回は交易だぞ。ここまでの戦力は要らぬ。厄介のほうが大きいではないか」

海賊と山賊と鬼瓦と鬼神がそれぞれ揉めている様が恐れ多い上に、その絵柄がなんとも贅沢だ。

揉めている原因の空良がその光景をぼうっと眺めていると、「ドーン！」という明るい声が遠くから近づいてきた。

　黄金色の髪をなびかせて、ザンビーノが元気いっぱいに走ってくる。

「ドン、お久しぶりネ。オー、今日はオトコマエね。ブシみたいヨ」

「おう、ザビ！　相変わらず軽薄だな！」

　お互いに肩を叩き合い、二人は再会を喜んでいる。

「こっちの暮らしはどうだ？　船の調子は滞りねえか？」

「順調ね」

「領主の奥方をかっ攫う計画も順調か？」

「あー、そっちはぼちぼちでんナ？」

「なんですとっ！」

　魁傑がクワッと目を見開き、峨朗丸とザンビーノに詰め寄っている。

「今、聞き捨てならない言葉が聞こえたのですが」

「毎日頑張ってお願いしてマスが、毎日お断りされてマース」

「駄目じゃねえか」

　峨朗丸が豪快に笑い、ザンビーノが肩を竦める仕草をする。

「嫁さん連れて帰るのは、難しいか」

「まだ大丈夫。ザビさん頑張る」

聞けば、ザンビーノは宇垣群島の海賊団に空良を引き入れたく、やがて故郷に帰る機会を得られたら、そこにもついてきてほしいと望んでいたようだ。日向埼での造船の指南の話は、ザンビーノにとっては空良を獲得するいい機会であり、勇んでやってきたのだという。

不穏な内容なのに、まるで天気の話でもしているような呑気な口調で語るザンビーノを、呆気に取られて眺めていると、そんな空良に気がついたザンビーノが、にっこりと笑った。

「初めて会ったときから、ここ、撃ち抜かれましタ」

ザンビーノが自分の胸を指し、それから両手を組んで祈るような姿勢をとる。

「なんて美しい。男のヒトなのに、こんなに綺麗なヒト、初めて見た。それにとても強い。ドンを叱るヒトも初めて見た。ドンが負けた。凄いネ」

「負けてねえぞ」

「ザビさん惚れた」

そう言ってザンビーノは地面に片膝をつき、空良に向かって両手を差し出す。

「幸せにしマス。空良サン、ザビさんとメオトになってくだサイ」

「お断りします」

丁寧に頭を下げて空良が言うと、ザンビーノはキュッと眉を寄せて空良を見上げる。

「ザビさん諦めませン！」

朗らかに食い下がってくるザンビーノに苦笑していると、不意に肩を引き寄せられた。

「諦めろ」

　確固たる声に、自分を引き寄せている夫を見上げる。

「これは俺の妻だ。他所には渡さない。何があってもだ」

　そう言って高虎は、跪いたままのザンビーノをきつい目で睨み下ろした。

「ザンビーノ・バルディウス、其方の造船に関する知識と、我が領にもたらす功績は、得がたいものであり、感謝している。できうるならば、今後も我が領のために働くことを願っているが、その見返りに妻を望むというのであれば、断固として断る」

　いつもの悋気とは違う真剣な声音は、高虎の誠意だ。ザンビーノの軽い口調を、冗談とも挨拶とも捉えず、誠実に対応しているのだ。

　それに比べ、今までしてきた己の対応に、空良は心が青褪める。

　顔貌や色の違いに気持ちを推し量るのが難しかったのもある。口調や態度の軽さに、魁傑と次郎丸との掛け合いと同じように捉え、楽しむ素振りさえ見せていた。桂木の苦言に素直に頷きながらも、真剣に取り合わなかった。

　けれど、空良はザンビーノの本心を、心の何処かで分かっていたのだとも思う。分かっていたのに今まで放置していたのは、自分の中に醜い打算があったのだと、高虎の言葉に気づかされた。

　造船の指南役で、日向埼のこれからにとって、とても大切な人だと思うから、彼を失いた

くないという打算が働き、うやむやな対応をしていたのだと。

なんて傲慢で不誠実な態度をとってしまっていたのか。

「……ザビさん。申し訳ございません。わたしはザビさんと夫婦になることはできません。わたしのかけがえのないお方は、高虎さまただお一人なのです」

こちらを見上げている真摯な異国人の求愛に、空良も心をこめてお断りする。

空良の返答に、ザンビーノがフッと溜め息を吐いた。

峨朗丸が跪いているザンビーノの腕を摑み、引き上げた。体格の良い異国人でも、峨朗丸の力には敵わないようで、持ち上げられた身体が一瞬宙を浮き、トン、と両足が地面に着く。

「……そろそろ荷降ろしのほうも片づいた様子です。城では歓待の用意もできておりますので、移動されるのがよろしいかと」

桂木が静かに声を発し、辺りの者がハッとして動き始める。

高虎も一瞬目を瞬(しばた)いて、それから「そうだな、行こうか」と、空良に向かい柔和な笑みを浮かべた。

「伏見殿と御一行、商船の主だった者たちなどを、城に案内するように。……海賊団の面々は申し訳ないのだが」

「ああ、俺らは勝手にやらせてもらう。船で寝泊まりするのも慣れているからよ。天候さえ良けりゃ、なんの心配もいらねえ」

「天候のほうは、しばらく雨は降りません。ですが、せめて寝泊まりは城下でお過ごしください。今準備を整えているはずですから」

「おう。それはありがてえな」

「宴会は全員を招待してというわけにはいかないのですが……」

峨朗丸一人なら代表として招くことは可能だが、高虎との相性を考えると、抜刀騒ぎが起きかねない。それに、自分一人が歓待される状況を、峨朗丸が受け容れるとも思えなかった。

遠慮げに空良が言うと、峨朗丸が笑って「城での宴会なんぞごめんだ」と、鼻の上に皺を寄せて、心底嫌そうに言うのだった。

「あんたも酌もしてくれねえみてえだしよ」

酌ぐらいはしてもかまわないと思うのだが、たぶん周りに許してもらえない。特に高虎は未だに峨朗丸に向け殺気を放っている。これで空良が峨朗丸の側について、酌をしながら世間話でもしようものなら、城が壊れるほどの騒ぎが起こってしまうだろう。

悋気の強い男は扱いが難しい。けれどそれが嬉しいのだから、自分も大概だ。

「……まあ、ずっとこんな調子でいられたら、酒を飲む前に胸焼けしちまうしな」

「こんなとは？」

「自覚がねえのかよ。ウエ……、なんか上がってきた」

峨朗丸がげんなりしたような顔をして、鳩尾のあたりを摩っている。

「この程度はまだ周りに遠慮をしての範囲でござる。二日も共に過ごせば、何も感じないようになりますからな」

「……うへぇ」

先ほどの一触即発から転じて、魁傑が峨朗丸に対して親しげな笑みを浮かべ、「慣れですぞ」と、慰めるような声を出している。

「では参りましょう」

桂木の声に全員で頷き、城に向けて歩き出す。ザンビーノは峨朗丸に腕を引かれるようにして、港のほうへ向かっていった。

「旦那さま……、申し訳ありません。ザビさんはここを去ってしまうかもしれません」

ザンビーノとの関係がこじれた原因は、すべて自分の対応の甘さにある。夫が前面に出てくる前に、解決しておかなければならないことだった。

去っていくザンビーノ達の背中を見送りながら、空良が謝罪すると、高虎は陽気な声で「かまわぬ」と言ってくれた。

「領地の繁栄は大事だが、それとこれとは別物だ。あの者がここを去り、今後の施策に滞りが生まれようと、別の道がある。だが、空良は一人しかいない。すげ替えはできぬからな。それに、其方(そなた)は立派に領主の妻の役割を果たしている。気に病むな」

生涯妻を守ると誓った。高虎の側にいて、欲しいものを乞い、のうのうと幸せに浸っていろと夫は空良に誓った。それを破ることは決してしないと、高虎が柔和な瞳で空良を見つめた。

「旦那さま。空良も同じです。生涯旦那さまのお側を離れることなどありません」

「空良……」

出会ったときからこの想いは変わらない。屋敷に戻らない高虎を待ち続けているあいだも、怪我を負い、命の火が消えようとしているときも、離ればなれになっていたときも、ずっと心は寄り添っていた。

今後もその想いは変わることなく、生涯夫に寄り添うと誓っている。

「さあ、宴会の準備だ。予想していたよりも人が増えたからな。孫次たちも大変だろう」

百隻近くもの船の到来だ。城の者と城下の三人衆が奔走し、野外で酒や食事を振る舞う場を整えている。沖には港に乗りつけなかった船が未だ停泊しており、こちらは小舟を用いて海と地上とを行き来していた。

荷降ろしとは違う喧騒が港を包んでいる。

「他国の重鎮様方だ。恥ずかしくねえものをお出しするんだぞ」

孫次の声が耳に届いた。振り返って探してみたが、ごった返す人々の中に、姿を見つけることはできなかった。

それでも声だけは鮮明に空良の耳に響いてくる。

恥ずかしくないように。

領主さまのために。

客人に喜んでもらえるように。

そんな孫次の言葉に、当たり前だと、陽気に答える声も聞こえていた。


大量の船が日向埼の港に到着してから、宴は日を分けて開催され、毎日城には大勢の人々が訪れていた。

伏見玄徳が行く先々で新しい交易のことを吹聴して回ったため、話を聞きつけた他国の者が、詳細を聞こうと馬でやってくるという騒ぎもあった。港付近でも毎夜酒盛りが繰り返され、その喧騒は城まで聞こえてくるほどだ。

そんな騒がしい日々が四日目となった昼過ぎ。城の謁見の間では、今日も領主に挨拶をしようと、複数の者が集まっている。

陸続きの他国の領主代理や、大店(おおだな)の店主、座衆の長など、顔ぶれは様々だ。

そして今、領主三雲高虎の眼前で平伏しているのは、中江津の材木座の座長である小平治(こへいじ)という男だ。

「……して、こちらへ調達できる材木の目途が立ったので、交易を再開したいと?」

魁傑の言葉に、小平治が「はは」と、床に頭を擦りつけたまま声を出す。

「しかし、先の話では、早くても半年、恐らくはそれ以上の期間、融通できないと言っていたではないか。そういうことであったので、こちらも急いで他の融通先を探したのだが。まだ半年も経っていないぞ？　どういうわけだ？」

「それは、早期の解決のために私どもで奔走し、なんとか融通できる運びとなりまして」

「そのように簡単に実現できるとは思っておらなんだからなぁ。あまりにも急な話の展開に、こちらも困っておるのだが」

「それは……」

「『なんとか融通してくれ』は、こちら側が再三言った言葉だな。それを無下に断ったのはそっちだろう」

厳めしい顔つきをしたまま、魁傑がネチネチと小平治に嫌味をぶつけている。

「中江津だけにこだわらなくてもよくなった。材木だけでなく、様々な品が今後座を通さずに流通できるようになったことは、こちらにとっては僥倖なのでな」

「そ、そこをなんとか……」

これ以上低くならない頭を更に押し付けて、小平治が交易の再開を懇願する。

日向埼の新しい交易には、複数の国が参加しており、今後ますます増えていく予定だ。次郎丸の頑張りにより、隼瀬浦も林業に力を入れると言っている。まだずっと先の話にはなるが、あちらが軌道に乗れば、一番太く繋がりたい故郷だ。他にも縁の深い地はあり、何処も協力的だ。先日も四国連合軍の一つ、原重右衛門（はらじゅうえもん）からも前向きな便りがきたばかりだ。

そうやって交易の範囲を広げている中に、当然中江津は入っていない。材木だけではなく、塩や相物などを大手で扱ってきた中江津を通り越し、その頭の上で商売をされるのだ。このままどんどん交易が盛んになれば、冷遇された中江津が大打撃を受けるのは必至だ。

被害は材木座だけにとどまらず、今、小平治は周りから随分責められ、ほとほと参っている様子だ。

なんとか高虎の機嫌を取って、新しい交易に参入したいと、こうして頭を下げているのだ。

「何卒（なにとぞ）、何卒お許しを……」

領主が変わったばかりの小領地で、主君の名は轟（とどろ）いていても未だ若年と侮っていたのだろう。後ろ盾から背中を突かれたこともあり、ほんの軽い気持ちで嫌がらせを企（たくら）んだ結果、致命傷を負ってしまった男の末路の姿だった。

「もうその辺でよい。面を上げよ」

それまで黙っていた高虎が声を発した。

「突然の交易の断絶は、確かに日向埼にとって打撃であった」

小平治は言い訳を言い募ろうとしたのか、必死の形相で顔を上げるが、領主に向かって勝手に口を開くことができずに、蒼白な顔をしたまま唇を震わせている。

「しかし、この危機があったればこそ、わが領地は窮地を凌ぐために知恵を絞り、こうして新しい交易の道を切り開くことができた。こちらから礼を言いたいぐらいだ」

高虎の言葉に小平治が「いえ、そのような……」と、アタフタと戦慄き、そんな小平治の姿を見て、高虎が笑みを浮かべる。

「問題は解決し、より良い結果を生んだ。此度のことは不問に付す」

小平治が大きく目を見開いたまま、身体を震わせながら深く頭を下げた。このまま高虎の怒りが解けなければ、恐らくは国へ帰ってからの彼の命は、家族もろともなくなっていただろう。

「新しい交易じゃ。何しろこちらも手探りなのでな。いろいろと知恵を貸してくれ。お互いに良い交易ができることを望む」

そう言って、取次へ行くように促した。「お互いに」という言葉を強調したのは、高虎からの楔だ。片方が一方的に力を振るえば、関係は瓦解する。

次はないぞという高虎の寓意を、小平治はしっかりと受け取ったようで、未だ青褪めている表情を引き締め、「承知しました」と返答した。

小平治が退出し、次の者を待つ間、魁傑が「言い足りぬ」と、低く漏らした。

「あれくらいで許すとは、随分甘い対応かと存じまする」

「向こうは十分弱っていましたよ」

空良の執り成しにも、魁傑は不満そうに鼻を鳴らしている。

「勝負には勝ったのですから追い打ちをかけることもないでしょう。結果的には、これ以上ないほどに穏便にことが収まったのですから」

中江津の後ろ盾である丹羽国からも、早々に使者が来て、豪華な献上品と共に同盟の打診を受けている。

中江津のことはあちらの独断として、まるで関係がないように振る舞っていた。ここで意固地になって責め立てても、関係が拗れるばかりでお互いに良いことはないと判断した。

同盟の返事はまだ保留の段階だが、日向埼側としても渡りに船の申し出だ。今ならばこちらに有利な条件での同盟が結ばれることだろう。

血を一滴も流さずに、戦に勝利した。

戦場で味わったものとは違う清々しさを感じながら、空良は夫の表情を垣間見た。

空良の視線を受け止めた高虎もまた、爽やかな笑みを浮かべ、頷くのだった。

同日の夜。港での酒盛りはいつにも増して大々的に催されていた。

中江津と和解し、丹羽国との同盟の意思もほぼ固まった今、伏見水軍や峨朗丸たち海賊団が活躍する予定もなくなり、明日には出航する運びとなったのだ。

宴会には日向埼の領民も加わり、どんちゃん騒ぎを繰り広げていた。孫次は昨年の船旅で岩波の者とは顔見知りだったし、ザンビーノの存在や他国の船乗りとの交流で、余所者だなんだとこだわっている暇もなくなってしまったらしい。

空良は高虎に頼み込み、樽酒や鮮魚を携えて、露天の宴会場へとやってきた。

高虎は伏見ら他国の重鎮の接待があるので城を空けられず、桂木や魁傑たちお付きを三十人ほど連れていくことで、ようやく許可を出してくれた。

空良もこれまでは接待や交易の交渉で忙しく、峨朗丸たちに会うのはあれ以来だった。

あちらこちらで篝火が焚かれ、数人、十数人と集まって飲んでいる中を泳ぎ回り、三組目に峨朗丸たちの集団に行きついた。日向埼の船職人と共に、ザンビーノもいた。彼と一緒に日向埼へやってきた異国人の姿もある。

「明日、ご出立だそうで。ご挨拶にまいりました」

酒の入った樽を配ってもらい、まずは峨朗丸に挨拶をする。酌をさせまいと空良にピッタリと付いている魁傑の姿を見て、峨朗丸が苦笑した。

「このたびは我が領地まではるばる足をお運びいただき、ありがとうございました」

「ああ、なんもしてねえけどな」

「そんなことはありません」

伏見水軍と海賊団が大軍を以て領地を訪れてくれたお蔭で、他国への牽制と共に、良い宣伝となってくれた。伏見水軍は言わずと知れた精鋭軍団で、宇垣群島を牛耳る海賊団も名が知られている。その二つが新しい交易の後押しをするために、揃って日向埼を訪れたのだ。

他国から見れば、日向埼の存在が大きく映ったことだろう。未だ水軍を持たず、安宅船の一隻もないまま、絶大な力を誇示できたのは、彼らのお蔭だ。

そんな感謝の気持ちを示すと共に、空良はもう一つの気掛かりを解消すべく、ザンビーノの側へ近づいた。

彼が日向埼を離れる決意をしているなら、明日、峨朗丸たちと一緒に船に乗っていってしまうだろう。

翻意の説得はしないつもりでいた。謝罪の言葉も失礼にあたるかもしれない。けれど、今日を逃せば二度と話す機会は訪れないかもしれないと思うと、足を運ばずにはいられなかった。

「ザビさん、あの……」

謝罪よりは感謝だろうかと、用意してきた言葉が上手く口に乗せられずにいると、ザンビーノがにこりと空良に笑い掛けてきた。

「空良サン、今日も美しいネ。仕事のかつりょくになるヨ」

そう言って酒の入った湯呑を目の前に掲げてからクイ、と一息に飲み干す。

繊細な容貌をした異国人だが、やはり海の男のようで、飲みっぷりは豪快だ。

「明日も仕事頑張るネー」

そう言ってお代わりした酒を、また一息に呷っている。

「明日も仕事……？」

その言葉を聞いて、一瞬ここへ残ってくれるのかと喜んだが、船に乗るのも海賊の仕事だと思い直して、判断に迷った。

「ザビさん、明日の仕事とは、あの……造船所のことですか？」

空良が恐る恐る問うと、ザンビーノは明るく「そう」と答える。

あっけらかんとした答えに安堵しながら、やはり戸惑いが隠せない。日向埼のためには、ザンビーノの残留は非常に有難い。しかし、ザンビーノ自身の心情を思うと、それでいいのかと迷ってしまった。

ザンビーノは空良を宇垣群島に連れて帰りたく、そのためにここへ来たのだと言った。その望みが絶対に叶わないのに、引き留めてもいいのだろうか。完全に諦めたのか、それとも、未だ野望を捨てておらず、空良の奪取を目論んでの滞在延長なのか。もしそうならば、そこはきちんと釘を刺しておかなければならない。自分は絶対に高虎の側を離れないのだから。

しかし、何も言われていないのに先に釘を刺すのも自意識過剰のようで、また、自分を諦めたのかと問うのも失礼だ。

「先日我が殿の言にて、空良殿を所望することはまかりならぬというのはご承知の通りですが、それでも指南役を続けてくださるのでしょうか」

言葉を探して逡巡している空良の代わりに、桂木が尋ねる。

「はい。ここの仕事、辞めませセン」

「空良殿は渡しませんが。造船所のほうにも、今後は頻繁に顔を出すことはありません」

造船所や港などの領地の視察は、別の者に主体が変わることは、ザンビーノの残留とは関係なく、今後の方針として決まっていた。これから空良は領主の手助けや代理など、別の仕事で忙しくなるからだ。

「それはとても無念デス。デモ、ザビさん海の男だから、いったん受けた仕事、投げないヨ」

相変わらず軽い口調で日向埼での滞在の継続をザンビーノが請け合っている。

「それに、ジロマルサマとも約束したから。ザビさん約束守りマス」

日向埼に滞在中、毎日ザンビーノのもとへ通っていた次郎丸は、そのときにいろいろな話をザンビーノに語り、そして今後を託していったのだという。

「アニウエのため、大きな船を造ってほしい。技術を伝え、ここに残してほしい。くれぐれもおたのもうすとおっさりました」

日向埼の発展は、いずれ隼瀬浦の発展にも繋がると、だからよろしく頼むと、何度もザンビーノに語ったという。

「次郎丸様がそのようなことを……」

魁傑が呟くように言い、空良も初めて聞く話に目を見開いた。

「だから、ザビさんはここで船の造り方をみんなに教えるのをやめませセン。ブシにニゴンはない！」

高らかに宣言するザンビーノを、峨朗丸が「おめえは海賊だろう。武士じゃねえ」と言って肩を叩いている。

笑っているザンビーノたちを眺めながら、空良は救われる思いでいた。

空良も魁傑も、恐らくは高虎も知らないところで、次郎丸は国の将来のために心を砕いてくれていたのだ。身体の成長はもとより、心根のほうはそれよりもずっと逞しく育っていたことを実感し、胸が熱くなる。

魁傑も空良と同じ思いでいるのか、「そうか。次郎丸様が」と何度も頷いている。「是非ご報告せねばなりませんな」と、弾んだ声で言うのに、空良も頷いた。

「ジロマルサマ、イイ男。それにとっても頭がイイ。ザビさんの国に、いつか行きたいと言ってた。歓迎シマス。空良サンも一緒に行きましょう」

「ああ、是非お伺いしたいですね。高虎さまも一緒に……」

空良がにこやかに相槌を打つと、ザンビーノに手を取られた。ほんの指先を摘まむように握り、ザンビーノが空良の手を自分の口元へ引き寄せる。手の甲の上でチュッと軽い音が立つのと、桂木の身体が割って入るのが同時だった。空良は驚いて口づけられた自分の手を、もう片方の手で庇うように握る。

「……ぬ。間に合いませんでした。申し訳ない。空良殿、ご無事ですか？」

「はい。なんともありません」

あまりに自然で流麗な動きに、周りの者も、空良本人さえも行動が一歩遅れてしまった。触れられた感触は羽のように軽く、本当に触れたのかどうかすら今は曖昧だ。

「それにしても、まったく初動が見えなかった……」

桂木は驚愕しており、魁傑などは憤怒の表情で刀の柄(つか)を握っている。

「ザビさんの故郷の挨拶ネ」

桂木すらも出し抜く素早さの挨拶とは……と、幾分訝(いぶか)しむ空良だが、ザンビーノは両手を軽く上げたまま、肩を竦めている。

「こういったことはおやめください」

「ザビさんの国では普通のコト」

「そうなのですか？　ですが……」

戸惑っている空良の前で、ザンビーノが峨朗丸の顔に頰をくっつけようとした。「おい、それやめろ」と、峨朗丸に邪険に払われると、今度は逆隣の男に同じことをする。頰を寄せられた男はザンビーノと同じ異国人だ。彼はザンビーノを受け容れ、次には自分から反対側の頰を寄せ、チュ、という僅かな音を立てる。お互いの動作はごく自然で、峨朗丸も嫌がってはいたが、いつものことのような態度だった。

「ね。ふつうの挨拶」と、朗らかに言われるが、こちらの風習にはない挨拶なので、なんとも言えない。

お互いの国の風習を理解するのは、交流の上で大切なことなので、許容すべきかと悩んでいると、「ジロマルサマともしたヨ」というザンビーノの言葉に魁傑が色めき立った。

「なんと！　次郎丸様に、そのような不埒な真似をっ！」

「フラチ違いマス。ジロマルサマ、喜んでお返ししてくれました。シンアイノジョーネ」

魁傑が鬼瓦のような顔をして、ブルブルと身体を震わせている。

魁傑の激昂振りに動揺している空良の前に、「おい」と湯呑が差し出された。思わず酒を注ぎそうになっていると、桂木が先ほどの遅れを挽回するように、峨朗丸の湯飲みにすかさず酒を注ぎ入れる。

「……ちぇ、じじいの酌なんぞいらねんだよ」

「味は変わりないかと」

「変わるんだよ！」

峨朗丸の怒号が掻き消えるほど、辺りの喧騒が大きくなっていた。ザンビーノが誰彼かまわず異国の挨拶をして回り、あちらでもこちらでも頬をくっつけ合っている。

「うひゃあ」やら「気持ち悪い」やら叫びながら、大笑いをして挨拶を交わす人々を眺め、いい景色だなと、空良は思った。

頬を寄せ合う行為自体は、少し目を背けたいような気もするが、海賊も漁師も農民も関係なく、皆が大声で笑いながらはしゃいでいる姿を見ると、あの中に交じってみたい衝動に駆られる。

「挨拶も済んだことですし、そろそろ帰りましょうか」

空良の気持ちを断ち切るように、桂木が帰還を促してきた。

「殿がジリジリして待っておいでイでしょう」

「そうですね」

俄かに生じた遊び心を胸にしまい、空良はおっとりと頷いた。

この土地にやってきてから一年と少し。高虎のもとへ嫁いでからは五年近くが経つ。

その間に、自分の立ち位置は随分変わってしまった。以前は割合と自由に領地を馬で駆け回り、領民とも気軽に言葉を交わしていたが、外からの者が多く出入りするようになると、自然と周りの態度も変わってきて、空良も変わらざるを得なくなった。

今日のこの訪問も、高虎に頼み込んでやっと許してもらえたほどだ。けれどそれが、夫の悋気や身の安全の懸念からだけではないことを、空良も分かっていた。

気安い態度は親しみを生むが、威厳を損なう。

空良はこれから高虎の妻として、ときには領主の名代として、他国の重鎮と渡り合う機会を頻繁に持つことになる。先に決定したように、領地の視察も数を減らし、他の者に任せることになった。

城下や港や砂浜を駆け回り、人々に声を掛けて歩くことはまったく苦ではなく、むしろ楽しい作業であったが、それも叶わなくなった。その代わりに緊張する場面が増えていくだろう。新しく覚えなければならないことも厖大だ。

責任は重くのしかかり、潰されそうな不安に苛(さいな)まれるが、それでも自分は夫と共に歩むことを決めたのだ。

篝火の下で笑い合う人々の喧騒を背中で聞きながら、空良は夫の待つ城へと、ゆっくりと足を向けるのだった。


小さな火がゆらゆらと揺れている。

先ほど港を照らしていた篝火のゴウゴウとした賑やかさとは違う、ささやかな炎の揺らめきを見つめながら、なんとなく溜め息を吐く。

大勢での酒盛りは自分が飲んでいなくても心躍り、去り際には名残惜しさを感じたものだが、今こうして静かな灯火を眺めていれば、身体が解けるような安堵を覚えた。

名残惜しいと思うくらいが、きっと丁度いいのだ。

峨朗丸たち海賊団が去っていくのは寂しいが、今生の別れというわけではない。いずれ遠くない将来に会うことは確実だ。来年の今辺りは、もしかしたら新しい安宅船に乗って、彼らの島を訪れているかも知れない。

そんなことを考えながら、蠟燭(ろうそく)の灯火を見つめている空良の目の前に、すっと杯が差し出された。酒を注ぎ、夫がそれを飲み干すのを待つと、今度は夫の手ずから注がれたそれを渡され、空良もクイと杯を呷る。

「楽しい思いをしたようだな」

先ほどの港での宴会のことを聞かれ、空良は素直に頷いた。

「皆さんとても仲良くなっておいでで、見ているだけでも楽しゅうございました」

「そうか」

「それに、ザビさんもここに残ってくれることになり、……安堵しました」

宴席でのやり取りを語りながら、次郎丸が人知れず見事な役割を果たしていたことを伝えた。

「次郎丸さまの著しいご成長ぶりに、魁傑さまが感じ入っているご様子でした。わたしも国のお役に立つために、精進しなくては」

「其方はすでに十分役に立っているぞ」

「まだまだ足りません」

「そう気張るな。と言っても、其方は気張るのだろうな。案外頑固で、負けず嫌いだ」

次郎丸の成長を喜んでいるその横で、負けないようにと思う気持ちも確かにある。高虎の言うように、案外自分が好戦的な質(たち)であることを最近知った。高虎はそんな空良の気質を、本人よりも先に分かっており、優しく見守りながら、ときにはこうして宥めてくれる。

「他にはどんな話をしたのだ？　聞かせろ」

お互いに酌を交わしながら、今日の出来事を語っていく。

ザンビーノの故郷の風習に戸惑った末、一波乱あったことや、魁傑の憤りや桂木の驚愕など、すべてを隠すことなく高虎に語っていた。ちょっとした油断で手を取られ、手の甲に唇を押し当てられたことも、少々ビクビクしながら申し出る。

その話をしたときには、高虎の眉がギュッと寄った。謝りながら、それでも隠し事は一切せず、すべてを詳らかに話していた。

「ザビさんのお国でのご挨拶なのだそうですよ」

「……あの者のおおらかな態度を見れば、そういうこともあるだろうとは分かるが、やはり面白くはないな」

空良が持っていた杯を卓の上に戻され、そのまま手を取られた。

「桂木が阻止できなかったほどの素早さで奪われたのか。侮れないな」

そう言いながら、今し方空良が語ったことを確かめるように、高虎が手の甲に唇を押しつける。

「このようにされたのか？」

「いいえ。そんなふうではなく、ふわりと。触れなかったのではないかと思うほど柔らかい接触でした」

「ふむ」

空良の目を真っ直ぐ捉える高虎に向かい、夫以外の殿方に肌を触れられたことに恐縮し、再び「ごめんなさい」と謝る。

「なに。桂木が間に合わなかったほどだ。仕方なかろう。……俺なら即座に手首から先を切り落としていただろうが」

物騒な呟きに慄いている空良の手の甲に、再び高虎の唇が触れた。

羽のように、そっと当てられる唇の柔らかさに、ゾワリと肌が粟立つ。

ザンビーノに触れられたときは、驚きと戸惑いでだけで、すぐに感触は消えてしまったが、今は高虎の唇が離れても、どういうわけかその場所が熱く火照り、触れられた感触が消えない。

「あ……」

「そんな声を出し、そのような顔を見せたのか？」

高虎がきつい目で空良を睨む。その視線の強さに感応し、トクトクと鼓動が増してしまう。

「そうではありません。決してそのような……」

「そのようなとは、どんなだ？」

ギュッと手を握られて、引き寄せられる。厚い胸に倒れ込み、目の前にある滑らかな首筋に自分から顔を埋めた。若く精悍な肌が頬にヒタリと吸い付き、心地好さに空良はうっとりと目を閉じる。

「旦那さまだからです。他の方にこのようにされても、何も感じません」

「俺が触れると感じるのか？」

笑みを含んだ問い掛けに、顔を埋めたままコクンと頷いた。

首筋にはまり込むように押しつけていた顔を動かし、張りのある肌にそっと唇を這わせた。夫が先ほど空良の手の甲にしてくれたように、触れるか触れないかの塩梅で、口づける。

空良が感じたのと同じような心地好さを知ってほしいと、すぐ側にある顔を覗くと、高虎が僅かに微笑んだ。

「さわさわとした感触がくすぐったいが、心地好いな」

夫の感想に満足し、柔らかな口づけを繰り返した。チュ、と小さな音を立て、滑らせては吸い付き、またさわさわと撫でる。

しばらくは空良の好きなようにさせていた高虎が、やがて焦れたようにして空良の顎を掬い上げた。僅かに開いたまま下りてくる唇を受け容れる。

「ん……」

戯れのような軽い口づけも楽しいが、深く奪われるのも心地好く、舌を絡めながら恍惚となる。

「このようにゆったりと過ごすのも久しいな」

「はい。寂しゅうございました」

「毎日顔を合わせているのに？」

「はい」

多くの人々が、海からも陸伝いからもやってきて、忙しない日々を送っている。

漸く二人で褥に入っても、落ちるように眠り、目覚めてはすぐに互いの用事のために動き出す毎日だった。

今日も高虎は謁見に接待にと明け暮れ、空良も交易の交渉や家臣たちからの相談を受け、走り回っていた。夜には明日出向する人たちに挨拶のため港に出向き、今ようやく僅かながら二人の時間が取れた次第だ。

張り合いのある毎日ではあるが、やはり寂しかった。

「旦那さまは、寂しくありませんでしたか？」

空良の問いに、高虎はほんのりと口の端を緩め、「もちろん、寂しかった」と、欲しかった答えを与えてくれた。

「……奥へ行くか」

褥への誘いを断る理由など一つもなく、空良は自分から夫の手を取り、胸元に引き寄せた。

夜風が外の気配を運んでくる。

遠くで僅かに聞こえる喧騒は港のようだ。空良たちが立ち去ったあとも、ずっと酒盛りは続いているらしい。

こんなふうに城の外の、ましてやずっと離れた港の様子を聞き分けられるのは、空良だけらしい。もちろん、昼の騒がしい時刻には聞こえない。皆が寝静まった静かな夜に、たまに夜風が音を運んできてくれるのだ。

そのことを城の者に話したら驚かれた。夫は笑って「俺の嫁の才は計り知れないからな」と、自慢げに言っていた。

港では、明日の別れを惜しみ、ザンビーノに教わった異国の挨拶を繰り返しているのだろうか。もう夜も遅いのに、明日船に乗るのは平気なのだろうかと心配になる。

「空良」

夫の長い指が額を撫でていく。汗ばんで額に張り付いた髪を、取り除いてくれた。

「俺といるときに、他のことを考えるな」

優しい叱責を貰い、空良は目を伏せて、謝罪の代わりに深く身体を沈みこませた。

「……ああ」

頭上から高虎の声がする。

逞しい腰の間を陣取り、夫の怒張を咥(くわ)えこむ。吸い付きながら引き上げると、空良の動きに合わせ、高虎の腰が僅かに浮いた。溜め息が漏れる音を聞いて、空良は目を細めながら再び深く呑み込んでいく。

「……う、空良、……っく、ぅ」

猛々しく滾っている竿の横に吸い付き、舌を絡ませると、高虎が喉を詰め、苦しそうに呻いた。もっと浸ってほしくて、付け根に唇を這わせ撫で上げていき、再び先端を含むと、額にあった指が、空良の肩を押して逃げるような仕草をしている。

「空良。……もう、よい。離せ」

夫の命にいやいやと首を振り、更に深く呑み込んだ。

「ん……、ぅ、んん、ぅ……」

喉奥まで呑み込んだ苦しさに、声と共に涙が滲む。そんな空良の様子を心配した高虎が「ほら、離れろと言っている」と、肩を摑み揺さぶった。

「苦しい思いをするな。……俺ももう……、っ、く、空良……ああ」

力に抗い、夫に縋りついた。呑み込んだまま激しく顔を上下させる。空良の大胆な所業に驚いた高虎が、思わず声を上げた。快楽に抗えず、夫の腰が蠢いている。

息が詰まり苦しいのに、それよりも心地好さのほうが増していて、離したくない。

「ああ、……空良、は、は……ぁ、っ、く、ぅ……」

耐え切れずに漏れ出る夫の声にますます快楽が募り、肌が粟立つ。この声が好きだ。こんな声を夫に出させていることが嬉しく、もっと、もっと喜ばせたくなる。

チュクチュクと水音が立ち、合間に高虎の喘ぎが混ざる。音に愛撫されるようで、触れられていない下半身がじゅ、と熱を持ち、自然と腰が揺れていた。

「ん、……ふ、ぅ、んぅ、ん……、っ、や……」

夢中で貪っている身体を無理やり引き起こされ、抗議の声を上げ、再び沈み込もうとする空良を、高虎が抱え上げた。両脇に腕を入れられて持ち上げられ、視界に入った夫の顔に、非難の視線を送る。

「嫌です。まだ、……足りないのに」

「十分だ。離せと言っただろうに」

夫からも非難の目を向けられ、しばらく見つめ合ったあと、同時に笑い出した。

「まったく、嫁様には敵わぬな」

「邪魔立てしたではありませんか」

「これ以上はもたないと思ったのだ。其方を汚してしまうと思い、焦ったのだぞ」

汚されてもいいのにと、唇を尖らせる空良に高虎は笑い、それからゆっくりと押し倒してきた。仰向けになった両足を持ち上げられ、間に高虎の腰が割り入ってくる。

「あ、旦那さま。……まだ、準備が……」

身体は喜びに満ちているのに、夫を受け入れる準備がまだできていない。遠慮げに訴えると、高虎が空良の手に香油を渡してきた。

「旦那さま……」

「自分で準備をしてみるか？」

戸惑いの声を発する空良に、高虎が悪戯(いたずら)な目を覗かせて、「見せてくれ」と乞うてきた。

「そんな……」

恥ずかしくて嫌だと断る前に、腕を取られ、指先にたっぷり香油を塗られた。

さっき言うことを聞かなかったことへの意趣返しなのか。謝るから許してほしいと、哀願の視線を送るが、高虎は空良をじっと見つめたまま、「見せてくれ」と、逆に懇願された。

注がれる瞳は妖しく光っており、空良の痴態を所望する自分に興奮しているように見えた。

「あ……」

強い視線に促され、ゆっくりと身体を翻し、夫に後ろを晒す。何を言われても、結局夫の命に従ってしまうのだ。組み敷かれ、暴かれ、従わされることに、自分も興奮していた。

香油を載せた指を後ろに回し、ゆっくりと蕾(つぼみ)に押し込む。

「っ、ん……、ふ、……ぁ、ん、あっ」

膝をつき、尻を高く上げた姿勢が恥ずかしく、なのに昂(たか)ぶりが増していって声が漏れた。

中指のほんの先端を押し込んだだけで、腰がくだけて姿勢が崩れる。褥に突っ伏しそうになる空良の腰を高虎が摑み、再び高い位置に戻された。

「や……、ぁ、ああ、ん……」

腰を持たれ、見つめられていることに更に昂ぶり、指を添えたままの身体がいやらしく揺れだした。まだ一度も触れられていない若茎から、ぱたぱたと蜜液がしたたり落ち、褥を濡らしている。

腰にあった夫の手が前に回り、胸の粒と空良の雄芯に、同時に触れてきた。

「……っ、ああ、ああっ、だ、め……、できな……」

「そのまま深く入れていけ」

快楽が強すぎて準備ができないことを訴えるが、夫は許してくれず、更なる痴態を見せろと命令した。

「根本まで入れたら、ゆっくりと引くんだ」

朦朧（もうろう）としながら、夫の命に従い、指の抜き差しを繰り返す。

「柔らかくなってきたのが分かるか……？」

耳元で声がして、何も分からないと、首を横に振った。

クチクチと音が鳴る。いつまで続けていればいいのかと、途方にくれていると、不意に自分の指ではないものが入ってきて、空良は思わず悲鳴を上げた。

「一緒に準備をしていこうな。……そろそろ俺も限界だ」

意地悪な声は少し苦しそうで、空良の準備が整うのを待ちきれないと訴えている。

「あ、……ん、旦那さま、ま……だ？　ま……ぁ、だ……？　早う……」

手伝ってもらいながら受け入れる準備を進め、早く欲しいと舌足らずの声でねだると、夫も甘い溜め息を吐きながら、「もう少し……な、あと少し、辛抱しろ」と、自分に言い聞かせるように言うのだった。

やがて指が抜きさられ、高虎が身体を起こす気配がした。両手で腰を持たれ、再び引き上げられる。

二人の指で占領されていた場所に、夫の怒張が宛がわれる。

「空良……」

ゆっくりと隘路を割り、襞を擦りながら侵入してきた。

「んん、あ、あっ、ああ、あ、……っ」

奥まで一気に進み、すぐに激しく打ち付けてくる。空良と同じように、夫も限界だったのだと悟り、愛しさが湧いてくる。

「ああ、空良……、は、はっ、……空良、……ああ、空良……っ」

切なげに空良を呼びながら、前後する動きが止まらない。時々「くっ」と、喉を詰め、次には更に激しく突き上げるのを繰り返した。

夫の腕で持ち上げられていた腰は、今は自然に高く上がっていた。もっと深く、もっと激しくしてほしいと、はしたなく腰を揺らし、夫を誘った。

「は……ぁ、ん……っ、あ、ああ、旦那……さ、……ま……ぁ」

背中がしなり、顎が上がった。嬌声が迸り、いっときも口が閉じられない。

悦楽の波に身体を委ね、高みに向かう。

背中から夫の声がする。空良の名を呼びながら、彼も頂に届きそうだ。

「あ、……もう、っ、もう……、旦那、さ……ま、はぁ、……あ、あああ、ああ――っ」

目の前に見えた光に向かいひた走る。身体の中を駆け巡っていた熱が弾け、凄まじい快楽が空良を貫いた。

夢中で腰を揺らし、精を放出する。余韻に浸る間もなく、夫がズン、と最奥に突き入れてきた。

「っ、……あ――」

高く細い音が喉から発せられ、何も分からなくなった。五感が鈍り、耳が聞こえなくなっていく。

揺れているのか、揺らされているのか、それさえも曖昧だ。

やがて後ろから大きな溜め息が聞こえ、高虎の動きが緩やかになっていく。果てたあとも離れがたく、名残を惜しむようにゆっくりと動いていた。

一緒に揺れている空良の身体を庇うようにしながら、夫の身体が被さってくる。身体はまだ繋がったままで、トクトクと心臓の響きが伝わってきた。

鈍くなっていた耳が戻り、遠くで風の音が聞こえる。

港からの喧騒は、もう届かなくなっていた。

夜も更け、皆それぞれの寝床に帰ったのだろう。

明日も晴れそうだと、穏やかな風の音を聞きながら、空良は自然と微笑んでいた。


海賊団と伏見水軍の出航の日は、空良の予想通り、晴れ渡っていた。

荷を運ぶ人々と、それを支持する人の声が賑やかに行きかっている。

空良は高虎の隣で、伏見の出立の挨拶に出向いていた。今回の事業の立役者の旅立ちとあり、城の者総出での見送りだ。

「このたびは大変に世話になった。今後も良き関係を続けていきたい。よろしく頼む」

「ああ。こちらこそ望むところだ。また近いうちに相見えようぞ。奥方殿もご一緒に」

「今後も頼りにしております」

「おう。其方に頼られたならば、海を泳いででも飛んでまいりましょう」

髭で覆われた強面がにっかりと歯を剝きだし、そう言った。

出会った頃は、空良のことをひょろひょろの若造と罵り、射殺さんばかりの殺気を放ってきた武将は、今は空良に絶大な信頼を置き、大切に扱ってくれる。

あの頃は、この伏見の国とここまで強く繋がることになるとは、思いもしなかった。

人との縁の奇妙さと有難さに、空良は深く頭を垂れ、伏見に感謝の意を示した。

港の別の場所では、峨朗丸たちがやはり慌ただしく出立の準備を整えている。

空良は昨夜のうちに挨拶を済ませていたので、今日は遠くから見送るだけだ。

日向埼に残るザンビーノたちも見送りに来ており、峨朗丸に異国風の挨拶をしようとして、乱暴に振りほどかれていた。

陽気な海賊たちの戯れを、微笑みながら眺めていると、こちらに気づいた峨朗丸が、大きく手を上げた。

「何かあれば呼べや！　暴れてやるからよ」

船を吹き飛ばしそうな大声が届き、空良も精いっぱいの声で「そのときはお願いします」と叫んだ。

「また島に来いよ！　あんた一人でな！」

「断じて断る！」

空良への誘いを高虎が叩き切る。

「今度は酌をしてくれや。二人でしっぽりと楽しもうぜ！」

「断ると言っているっ！」

峨朗丸に負けず劣らずの怒声を響かせ、高虎が断っている。

高虎の剣幕に、峨朗丸が肩を竦め、「うるせえ保護者だな」と、手下に言っている声も丸聞こえだ。

魁傑が「なんたる不敬」と憤り、刀の柄に手を掛けるのと同時に、峨朗丸が船に飛び乗った。山のような体格をものともしない軽やかさだ。

「じゃあな！　奥方。そこの旦那と離縁にでもなったらうちへ来い。贅沢させてやるぜ」

船首に立った峨朗丸が空良に向けて叫んだ。

魁傑が高虎に近づき、「打ち落としましょうか？」と、佐竹に槍を所望している。

「放っておけ。ない物ねだりでほざいているだけだ。離縁などするわけがないのだから」

そう言って、高虎が空良の肩を抱き、唇で頬を掠めるようにして「そうだろう？」と、囁いた。

異国の挨拶のような所業にも思えるが、高虎と空良がすると、別に映る。

峨朗丸の大笑いする声が聞こえ、「敵わねえな」と言った。

「ザビ！　残念だったな。船造り、せいぜい頑張れ」

最後にザンビーノへの激励を残し、峨朗丸たち海賊団は、来るときと同じく、賑やかに去っていった。

遠くなる船影を眺め、続いて出立する伏見の船も見送る。

「……急に寂しくなりましたね」

船はまだ数多く港に残り、行きかう人々も大勢いるが、伏見や峨朗丸といった強烈な印象を持つ人物がいなくなると、何処となく閑散とした雰囲気になるのだから不思議だ。

「なに、すぐにまた忙しくなる」

空良の肩を抱いたまま、高虎が朗らかな声を出す。

「そうですぞ。商船は今後も続々と港に訪れます。次郎丸様も近々こちらへ寄るのでしょう。また騒がしくなりまする」

魁傑がげんなりした声を出しながらも、表情が明るいのはご愛敬だ。

船を見送ったあとは、港の造りの課題点や、市場の使い勝手などを視察し、馬に乗ってゆっくりと城下を歩き、城へ戻っていく。

新しい交易は始まったばかりで、これからいろいろな問題が噴出してくるだろう。一つ一つを解決しながら、皆で力を合わせてやっていこう。

海鳥が忙しなく飛び回る。猫に似た鳴き声が、近くからも遠くからも聞こえていた。

雲は白く、風が少しばかり強く吹いている。雨はしばらく降りそうにないなと、空良は天を見上げ、出立した人々の無事を祈った。

あとがき

こんにちは。もしくははじめまして。野原滋です。このたびは拙作「そらの誓いは旦那さま」をお手に取っていただき、ありがとうございます。

四作目です。驚きです。ここまで続けられたのは、ひとえに読者さまに応援していただいたお陰です。本当に有難いことです。

シリーズも四作目となり、光栄で嬉しく感じると共に、シリーズ物の難しさも痛感いたしました。なにしろ空良と高虎の二人です。ＢＬというからには、恋愛を書かないといけません。ところがこの二人、盤石すぎて一瞬も揺らぐことがありません。

邪魔者を投入しても、海賊を登場させても、異国人まで連れてきましたが、空良は脇目も振りません。高虎も心配して暴れたりはしますが、空良の気持ちを疑ったりは絶対にしないので、まったくハラハラすることがなく、筆者としてとても困りました。この二人どうしてくれよう……と、ウンウン唸りながら、盤石は盤石なりに、様々な事案に行き当たりながらも、結局より強い絆で結ばれるという形に収まりました。

いやー、収まってよかった。本当書き上げた瞬間にそう思いました。

今回、新たに三人のキャラが増えました。お気に入りは峨朗丸です。どうしても筋肉隆々に肩入れしてしまいます。プロットの段階で、ザビさんも隆々にしてしまい、「そこはもう少し眉目秀麗に……」と、担当さんにお願いされてしまいました（笑）。書き直したザビさんも、ちょっと面白いキャラに出来上がり、書いていて楽しかったです。

今回一番の成長株は次郎丸でしょうか。ふくにも番ができました。二羽で二つの領地を行き来できたら素敵だなと思っています。

イラストを担当くださったサマミヤアカザ先生、今回も素敵なイラストをありがとうございました。カバーデザインの、幸福で希望に満ち溢れた二人の姿を、早くこの手に取りたいです。

担当さまにも、毎度毎度ご迷惑、お世話をおかけしました。きめ細やかなフォローに助けられ、こうしてピリオドを打つことができました。いくら感謝してもし足りません。

最後に、このシリーズを愛してくださり、応援してくださる読者さまにも厚く御礼申し上げます。またいつか、盤石すぎる二人のイチャイチャ、いつもの愉快な仲間たちとの日常を、皆様にお目に掛けることができるよう、願っております。

野原滋

✦初出　そらの誓いは旦那さま……………書き下ろし

野原滋先生、サマミヤアカザ先生へのお便り、本作品に関するご意見、ご感想などは
〒151-0051 東京都渋谷区千駄ヶ谷 4-9-7
幻冬舎コミックス　ルチル文庫「そらの誓いは旦那さま」係まで。

幻冬舎ルチル文庫
そらの誓いは旦那さま

2021年12月20日　第1刷発行

✦著者　野原 滋　のはら しげる

✦発行人　石原正康

✦発行元　株式会社 幻冬舎コミックス
〒151-0051 東京都渋谷区千駄ヶ谷 4-9-7
電話 03(5411)6431［編集］

✦発売元　株式会社 幻冬舎
〒151-0051 東京都渋谷区千駄ヶ谷 4-9-7
電話 03(5411)6222［営業］
振替 00120-8-767643

✦印刷・製本所　中央精版印刷株式会社

✦検印廃止

ISBN978-4-344-84970-9　C0193　Printed in Japan